Wolffs Broschuren

Ivan Gončarov

Die Schwere Not

Eine Erzählung
aus Sankt Petersburg
im Jahre 1838

Friedenauer Presse Berlin

*Aus dem Russischen übersetzt
und herausgegeben von Peter Urban*

Im Dezember des Jahres 1830, als die ersten Fälle von Cholera bereits in Moskau auftraten, wenn auch in deutlich abgeschwächter Form, verloren von zweihundertundfünfzig Hühnern binnen kürzester Zeit fünfzig ihr Leben.

Wissenschaftliche Abhandlung
Über den Verlauf der Cholera in Moskau
von Doktor Christian LODER

Moskau, Seite 81.

Haben Sie, meine sehr verehrten Damen und Herren, je von jener sonderbaren Krankheit gelesen, oder zumindest gehört, von der einst die Kinder in Deutschland und Frankreich befallen waren, und die in den Annalen der Medizin weder Namen noch Beispiel hat; nämlich: sie wurden von dem unbegreiflichen Drange befallen, zum Berg des hl. Michael (ich glaube, in der Normandie) zu pilgern. Die hilflos verzweifelten Eltern versuchten, sie aufzuhalten: der geringste Widerstand gegen ihre krankhaften Sehnsüchte zog die betrüblichsten Folgen nach sich – das Leben der Kinder nahm langsam ab und erlosch. – Erstaunlich? Nicht wahr? – Da ich in der Literatur der Medizin nicht bewandert bin und an ihren Entdeckungen und Erfolgen keinen Anteil nehme, kann ich Ihnen nicht sagen, ob dieses *factum* aufgeklärt oder seine Wahrscheinlichkeit zumindest bestätigt worden ist; doch dafür möchte ich der Welt meinerseits von einer nicht minder sonderbaren und unbegreiflichen, epidemischen Krankheit berichten, deren verheerende Wirkungen ich mit eigenen Augen gesehen habe und der ich beinahe selbst zum Opfer gefallen wäre. Wenn ich meine Beobachtungen mit größter Ausführlichkeit offenlege, erkühne ich mich, den Leser im voraus darauf aufmerksam zu machen, daß diese keinem Zweifel unterliegen, auch wenn sie, leider, weder durch die Sicherheit des Blickes, noch durch Wissenschaftlichkeit der Darstellung beglaubigt sind, wie sie dem Medikus eignen.

Bevor ich dieses Leiden, mit all seinen Merkmalen, beschreibe, halte ich es für meine Pflicht, den Leser über die Personen ins Bild zu setzen, die das Unglück hatten, selbiges zu erfahren.

Vor einigen Jahren schloß ich Bekanntschaft mit der herzensguten, netten und gebildeten Familie der Zurovs und verbrachte bei ihnen fast alle Winterabende. Unbemerkt verflog die Zeit in ihrer Mitte, im Kreise ihrer Bekannten und, schließlich, inmitten jener Vergnügungen, die sie erwählt und die sie in ihrem Hause gestatteten. Hier gab es zwar keine Spielkarten, und vergeblich hätten in dieser Betätigung der müßige Greis oder der von Untätigkeit verwöhnte, von Kopfschmerzen und seelischer Leere geschlagene Jüngling Geld und Zerstreuung gesucht: nie wären ihre Hoffnungen mit der edlen Denkungsart der Zurovs und ihrer Gäste vereinbar gewesen; dafür vergingen die Winterabende wie im Fluge mit Tanz, mit Musik, vor allem aber dem literarischen Vortrag, mit Gesprächen über Literatur und Künste.

Mit welchem Vergnügen erinnere ich mich der Freundesschar, die dichtgedrängt um den großen runden Tisch saß, vor dem, auf einem türkischen Divan, Marja Aleksandrovna, die liebe Gastgeberin, zu sitzen pflegte und Tee ausschenkte, während Aleksej Petrovič, die Zigarre und ein Glas erkalteten Tees in Händen, im Zimmer auf und ab ging, hin und wieder stehenblieb, sich in das Gespräch einmischte und seine Spaziergänge wieder aufnahm. Ich erinnere mich auch der achtzigjährigen Großmutter, die, vom Schlagfluß gelähmt, ein wenig abseits in einem abgeschiedenen Eckchen im Ohrensessel sitzend, liebevoll den halb erloschenen Blick auf ihre Nachkommen richtete, während eine salzige Träne des stillen Glücks ihre Augen trübte, die ohnedies zur Blindheit neigten. Ich erinnere mich, wie sie immer wieder ihren jüngsten Enkel, Volodja, zu sich rief und ihm über den Kopf strich, was dem ausgelassenen Knaben nicht immer gefiel, weshalb er manchmal so tat, als höre er ihr Rufen nicht. Auch sonst war die Großmutter eine in vieler Hinsicht bemerkenswerte

Person, und es sei mir gestattet, noch einige Worte über sie zu sagen: sie saß, wie oben bereits erwähnt, stets an demselben Platz und hatte nurmehr über ihren linken Arm Gewalt: aber man staune über ihre Lebenskraft! wußte sie doch auch diesen ihren einen Arm zum Wohl der Allgemeinheit zu gebrauchen; und deshalb war sie, ungeachtet der erlahmten Kräfte und des kaum noch glimmenden Funkens im zerbrechlichen Gefäß des Lebens, das Ehrenglied in der Kette der menschlichen Wesen. Wenn die Enkel und Enkelinnen sie morgens aus dem Bett gehoben und in ihren Sessel gebettet hatten, hob sie in mütterlicher Sorge mit der linken Hand die Gardine vor dem Fenster, und wehe, es wäre ihr ein anderer darin zuvorgekommen! Doch nicht nur das! wie könnte ich die herausragendste ihrer Fähigkeiten verschweigen, die von der armen Menschheit so teuer bezahlt wird – sei es durch Verkrüppelung im Dienst oder durch den Schlagfluß: die Großmutter hatte sie durch letzteren erkauft. Die Geschichte ist die, daß sie jederzeit das Wetter vorhersagen konnte und damit eine Art lebenden, häuslichen Barometers darstellte. Wenn also Marja Aleksandrovna, Aleksej Petrovič oder einer der älteren Enkel das Haus verlassen mußten, fragten sie zuerst: »Mütterchen (oder Großmutter), was haben wir für Wetter draußen?« – Und sie, wie eine beseelte Sibylle, befühlte eines ihrer abgestorbenen Fingerglieder und antwortete kurz: »Schneefall; – wolkenlos; – Tauwetter; – strenger Frost«, – je nach den Umständen, und sie irrte sich nie. Ist es nicht von großem Nutzen, einen solchen Schatz im Hause zu haben? Ich erinnere mich auch des alten verdienten Professors, der, nachdem er seinen Lehrstuhl aufgegeben, sich mit großem Erfolg dem Studium der verschiedenen Schnupftabaksorten und ihrer Wirkung auf das Wohlbefinden der Völker gewidmet hatte. Ich erinnere mich schließlich meines eigenen Platzes – neben der Nichte der Zurovs, der empfindsamen, versonnenen Fekla, mit der ich mich so gerne halblaut über manchen Gegenstand unterhielt, so zum Beispiel darüber, ob man Strümpfe, nachdem sie gestopft, noch lange würde tragen können, oder wieviel Aršin Leinen man zum Nähen eines Hemdes für mich bräuchte u. dgl. m.; worauf sie stets eine klare und befriedigende Antwort parat hatte. Ich erinnere mich, wie die geistreichen, doch nie verletzenden Pointen von allen Seiten nur so prasselten und freundliches Gelächter hervorriefen; ich erinnere mich ... Aber, meine sehr verehrten Damen und Herren, Sie müssen verzeihen, wenn ich nicht alle meine Erinnerungen in eine klare, angemessene Reihenfolge bringen kann; in bunter Mischung drän-

gen sie mir in den Kopf und pressen aus ihm Tränen
hervor, die mir über die Wangen rinnen und dann
dies Schreibpapier benetzen. Lassen Sie es mich bitte
trockenwischen, sonst warten Sie vergebens auf den
Schluß meiner Erzählung ... So, jetzt bin ich ruhiger
und kann mich wieder meinem Gegenstand zuwen-
den, von dem mich Rührung und das Mitleid fortge-
rissen haben. – Mitleid? werden Sie fragen: wie das?
weshalb? wieso? – Jawohl, das Mitleid, meine Damen
und Herren, tiefes Mitleid. Ich war meinen Freunden
nicht nur mit seelischen, sondern auch mit Herzens-
banden verbunden, die ich sogar gesetzlich befestigen
wollte. Sie erinnern sich der Erwähnung meiner Un-
terhaltungen mit Fekla: sie war nicht von ungefähr;
hm! Sie verstehen? Aber – was ist da zu verstehen?
wie soll es einem nicht das Herz zerreißen, wenn ich
daran denke, daß die gesamte Familie, angefangen
von der Großmutter, bis hin zu Volodja, dem Wild-
fang, verloren ist, unwiederbringlich verloren, Opfer
einer schrecklichen Epidemie, die sich – zum Glück
mit ihr zufriedengab, obgleich sie auch im Kreise der
Bekannten weit verbreitet war, doch diese haben sie
inzwischen überwunden. Also, bitte sehen Sie, wie es
zu allem kam.

Ich erwähnte eingangs, daß ich bei der Familie
Zurov die Winterabende verbrachte, und habe über

die des Sommers kein Wort verloren, weil ich den Sommer über nicht in Petersburg lebte, sondern, auf Einladung meines alten Onkels, zu diesem aufs Land fuhr, um mit ihm, auf dessen eindringliches Bitten, die hausgemachten Liqueure zu trinken, von denen der Ebereschenliqueur, angesetzt nach eigenem Rezept, die Ordnung, wie er sagte, meines Nervensystems wiederherzustellen vermochte, wogegen Buttermilch und weißer Käse – seine Lieblingsspeise – mich von den Magenschmerzen befreien konnten, unter denen ich damals litt. – So reiste ich, wie in ein Mineralbad, drei Sommer hindurch aufs Land, um Heilung zu suchen, drei dieser Kuren habe ich mich unterzogen; im vierten Sommer aber gefiel es dem Himmel, auf das Gouvernement, in dem mein Onkel lebte, zwei schreckliche Plagen herabzusenden: die erste war eine Beeren-Mißernte, in deren Folge die Liqueurflaschen leer blieben und verödeten; – die zweite – eine Viehseuche, dermaßen verheerend, daß sich der Bestand von dreihundertundfünfzig Milchkühen auf drei Stück verringerte und Buttermilch und weißer Käse zur Neige gingen; mein Onkel, der sah, daß Gottes schöne Welt mit jedem Tag an Reiz verlor und seinen Lieblingsbeschäftigungen der Boden entzogen war, starb vor Kummer, zusammen mit seiner letzten Lieblingskuh, und setzte mich zum Erben seines

Gutes ein. – Den Rest des Sommers brachte ich damit zu, die Erbschaftsangelegenheiten zu regeln, und kehrte bei Anbruch des Winters nach Petersburg zurück. Mein erster Besuch galt selbstverständlich den Zurovs. Man freute sich über mein Kommen. Alles war wie früher, und wieder sah der Winter dieselben Gesichter im warmen Salon der Zurovs, um denselben Teetisch – mich wieder neben Fekla, Aleksej Petrovič mit der Zigarre, Marja Aleksandrovna mit der früheren Liebenswürdigkeit und Klugheit, unermüdlich bei ihrer Arbeit, für die ein Menschenleben nicht reichte, einer Canevas-Stickerei, lange vor ihrer Ehe begonnen. Nur bei den Kindern hatte es einige Veränderungen gegeben: der älteste Sohn war inzwischen ein junger Mann, er hatte sich an der Universität eingeschrieben und begonnen, auf das Rascheln von Frauenkleidern zu horchen, der jüngste hatte aufgehört, seinem Lehrer, einem Deutschen, Taschentuch und Tabatiere zu verstecken und die Großmutter neben den Sessel zu setzen, und selbst die Großmutter hatte ihre Tätigkeit verstärkt und ließ in ihrer Vergeßlichkeit die Gardinen am hellichten Tage herab oder zog sie, bevor sie zu Bett ging, hoch: sonst war alles wie früher.

Schnell verging der Winter; die Abende wurden kürzer, immer seltener sagte die Großmutter strengen Frost voraus; immer öfter kam ihr das Wort »Tauwetter« über die Lippen. Es wurde April; mit gleißendem Strahl begleitete die Sonne den letzten Wintertag, der im Abgehen eine solch klägliche Grimasse schnitt, daß die Neva vor Lachen platzte und über die Ufer trat und die hartgefrorene Erde durch den Schnee hindurch lächelte. Die windige Plappertasche Schwalbe und die flatterhafte Lerche verkündeten das Nahen des Frühlings. In der Natur erhob sich der gewohnte Lärm; wer sterben wollte oder schlief, lebte wieder auf und erwachte; alles begann zu kreuchen und fleuchen, zu singen, zu springen, zu brummen, zu quaken und zu schnattern – im Himmel wie auf Erden, zu Wasser wie unter der Erde. So bemerkten auch die Einwohner Petersburgs den Frühling.

Fröhlich verließ ich am ersten warmen Tag das Haus und begab mich schnurstracks zu den Zurovs, um sie zu diesem Fest der Natur zu beglückwünschen und um den ganzen Tag mit ihnen zu verbringen.

»Guten Morgen, Aleksej Petrovič!« sagte ich. »Habe die Ehre, Sie zu begrüßen, Marja Aleksandrovna! ich beglückwünsche Sie zum ersten Frühlingstag. Heute ist es sehr warm.«

Kaum hatte ich diese Worte gesagt, als plötzlich –

noch heute zittere ich am ganzen Leib! – die gesamte Familie von einer sonderbaren Unruhe erfaßt wurde: Aleksej Petrovič gähnte und warf seiner Frau einen bedeutsamen Blick zu; diese antwortete ihm mit einem krankhaften Lächeln; die beiden jüngsten Kinder fingen unter konvulsivischen Zuckungen an zu hüpfen, die älteren klatschten in die Hände; die Augen der Großmutter erstrahlten plötzlich in einem unnatürlichen Glanz, und in alldem lag eine grimmige Freude. Ich hielt inne und schaute sie erstaunt an.

»Was ist Ihnen?« fragte ich am Ende zaghaft: »ist Ihnen nicht gut?«

»Oh doch, Gott sei Dank«, antwortete Aleksej Petrovič unter herzhaftem Gähnen.

»Aber mit Ihnen geht etwas Sonderbares vor sich. Haben Sie nicht irgendeinen Kummer?«

»Oh nein! im Gegenteil, wir freuen uns, daß der Frühling anfängt: das ist die Zeit für unsere Ausflüge und Spaziergänge. Wir lieben es so, die Luft zu genießen, und verbringen den größten Teil des Sommers draußen vor der Stadt.«

»Wunderbar!« sagte ich: »ich hoffe, Sie werden mir gestatten, auch dieses Vergnügen mit Ihnen zu teilen.«

Wieder dieselbe Bewegung. – »Mit größter Freude«, antwortete Aleksej Petrovič und warf mir einen grimmigen Blick zu. Ich erschrak ernstlich und wußte nicht, was ich tun, noch wie ich mir diese Szene erklären sollte. Unschlüssig stand ich da; doch einen Augenblick später hatte alles sein gewohntes Äußeres wieder angenommen, und die Freundlichkeit der Gastgeberin erlöste mich aus meiner schwierigen Lage.

»Ich hoffe, Sie werden heute bei uns zu Mittag essen?« fragte sie.

»Mit Vergnügen«, antwortete ich, »aber da es hierfür noch zu früh ist, gestatten Sie mir, daß ich zuvor noch anderswo einen Besuch abstatte.«

»Gehen Sie!« rief Aleksej Petrovič mir nach, »nur kommen Sie auf jeden Fall zurück, und nachdem Sie versprochen haben, mit uns vor die Stadt zu fahren«, – hier mußte er wieder gähnen – »müssen wir dann unbedingt verabreden, wann und wie wir die erste Fahrt ausrichten.«

Das wird ja noch eine Weile Zeit haben, dachte ich, konnte mich aber nicht entschließen, es auch zu sagen, da ich sah, wie sehr ihnen die bevorstehende Vergnügung zu Herzen ging.

Nachdem ich sie verlassen hatte, machte ich mich auf die Suche nach dem Grund für diese unbegreiflichen Ausfälle der gesamten Familie. Hegen sie ein ungutes Gefühl gegen mich? war mein Gedanke; doch dem widersprachen die Einladung zum Essen und die freundschaftliche Verabschiedung. Was sollte dies alles bedeuten? Und während ich so nachdachte, kam mir der Gedanke, zu einem ihrer ältesten Bekannten zu gehen und ihn über alles zu befragen … Ja! ich vergaß zu sagen, daß es unter denen, die im Hause Zurov verkehrten, zwei Menschen gab, die ich dem Leser kurz vorstellen muß, denn sie spielen in der ganzen Geschichte eine wesentliche Rolle.

Der eine ist – Ivan Stepanovič Verenicyn, Staatsrat im Ruhestand, seit seiner frühesten Kindheit ein aufrichtig ergebener Freund der Zurovs. Er war gewöhnlich in Gedanken versunken und mürrisch; nahm selten teil am allgemeinen Gespräch, saß immer auf Distanz zu den anderen, oder ging schweigend im Zimmer auf und ab. Viele nahmen ihm sein ungeselliges Wesen und seinen kühlen Umgang übel und setzten deshalb über ihn Gerüchte in die Welt: die einen sagten, er sei des Lebens überdrüssig und hätte sich schon einmal fast ertränkt, doch die Bauern hätten ihn aus dem Wasser gezogen, wofür man diese mit einer Medaille belohnt hätte, am Band des Annenordens zu tragen; ein altes Weib versicherte, er stünde mit den Dämonen im Bunde; alle nannten ihn stolz und ziehen ihn der Weltverachtung, manche munkelten sogar, unter dem Siegel der Verschwiegenheit – es gibt solch böse Zungen! –, er sei verliebt in eine Frau von zweifelhaftem Lebenswandel; mit anderen Worten, hätte man dem allem Glauben schenken wollen, was über ihn geredet wurde, so hätte man ihn hassen müssen; im andern Falle hätte man die andern hassen müssen, der üblen Nachrede wegen. Ich, der weder eines noch das andere tat, sah erst später ein, daß sein Verhalten Folge einer eignen Weltanschauung war, Ergebnis von Beobachtungen, die ... hätte er gewollt, der Welt persönlich hätte kundtun können, wir hingegen sollten unsere Nase nicht in fremde Dinge stekken: uns genügt zu wissen, daß er Tag für Tag bei den Zurovs verkehrte und sich ihrer besonderen Zuneigung erfreute.

Die andere Person ist – mein Kommilitone, Nikon Ustinovič Tjaželenko, kleinrussischer Gutsbesitzer, ebenfalls ein alter Bekannter der Zurovs, durch den ich diese überhaupt erst kennengelernt hatte. Tjaželenko war seit seiner Jugend berühmt für eine beispiellose, methodische Faulheit und eine heroische Gleichmut für die Eitelkeiten dieser Welt. Er verbrachte den größten Teil seines Lebens im Bett liegend; wenn er sich manchmal aufsetzte, so nur an den Mittagstisch; zu Frühstück und Abendbrot dies zu tun lohnte, nach seiner Meinung, nicht der Mühe. Er ging, wie ich schon sagte, selten aus dem Haus und erwarb sich, der liegenden Lebensweise zufolge, alle Attribute eines Faultiers: in majestätischer Rundung wölbte sich über ihm blühend ein enorm dicker Bauch; sein ganzer Körper hing in Falten, wie bei einem Nashorn, und bildete eine Art natürlicher Bekleidung. Er wohnte am Taurischen Garten, doch ein Spaziergang dort wäre für ihn eine wahre Heldentat gewesen. Vergeblich prophezeiten ihm die Ärzte einen unvermeidlichen Kampf mit einer ganzen Legion von Krankheiten und alle möglichen Todesarten: er widerlegte alle Vorhaltungen mit den einfachsten und klarsten Argumenten; zum Beispiel: wenn man ihm vorwarf, er gehe zu wenig und könnte einen Schlaganfall erleiden, gab er zur Antwort, in seinem Hause führe vom Vorzimmer ins Schlafgemach ein dunkler Korridor, durch den er sich fünfmal am Tage mindestens bewege, was, nach seiner Meinung, absolut genüge, um ihn vor dem Schlaganfall zu bewahren. Dem fügte er, in Form einer *conclusio*, den folgenden Gedanken hinzu, daß, sollte ihn, Tjaželenko, schon der Schlag treffen, ihm dies Anlaß und legitimen Grund bieten würde, endlich zu Hause zu bleiben, wie auch als treffliche Verteidigung dienen könnte gegen alle möglichen Ansinnen, und daß er dann auch nicht mehr auf die Gesundheit würde achten müssen. Was hingegen die Luft angine, die man ihm zu atmen riet, so versicherte er, er halte jeden Morgen nach dem

Aufstehen das Gesicht an die geöffnete Fensterluke und schöpfe dort Luft für den ganzen Tag. Die Ärzte und Freunde zuckten die Achseln und ließen ihn in Ruhe. Das ist mein Freund Nikon Ustinovič. – Er mochte die Zurovs und besuchte sie einmal im Monat, da dies aber über seine Kräfte ging, machte er, in kluger Voraussicht, mich mit ihnen bekannt. »Geh sie besuchen, sooft du kannst, Freund«, sagte er zu mir: »sie sind wunderbare Menschen; einfach schrecklich, wie ich sie liebe; aber sie verlangen, daß ich sie einmal wöchentlich besuche – im Ernst! Bitte, geh du für mich zu ihnen, erzähle ihnen von mir, und du erzählst mir dann von ihnen.«

Zu ihm begab ich mich, nach den sonderbaren Zeichen, die ich an den Zurovs bemerkt, in der Hoffnung, daß er, als alter Bekannter, der alles sie Betreffende wußte, mir hierüber Aufklärung verschaffen könnte. Im Augenblick, als ich bei ihm zur Tür eintrat, wollte er sich eben auf die linke Seite drehen.

»Guten Morgen, Nikon Ustinovič!« sagte ich. Er nickte mir liegend zu. »Geht es dir gut?« Er nickte wieder, zum Zeichen der Bejahung. Nikon Ustinovič machte ungern überflüssige Worte. »Die Zurovs lassen grüßen und werfen dir vor, du liebtest sie nicht mehr.« Er schüttelte, zum Zeichen der Verneinung den Kopf. »Aber sag doch wenigstens ein kleines Wörtchen, Freund!«

»Oh … warte … laß mich zu mir kommen«, brachte er endlich langsam hervor. »Gleich bringt man mir mein Frühstück, dazu werde ich wohl aufstehn müssen.«

Fünf Minuten später schleppte der Diener unter Mühen das auf den Tisch, was Nikon Ustinovič bescheiden ›mein Frühstück‹ nannte und was gut vier Erwachsene das ihre hätten nennen können. Das Stück Roastbeef fand kaum Platz auf dem Teller; Eier säumten die Ränder des Tabletts; des weiteren ein Täßchen oder, wie ich sagen würde, eine Riesentasse Schokolade, die dampfte wie ein Dampfschiff; schließlich eine Flasche Porter, die, wie ein Turm, das Ganze überragte.

»Dann will ich mal …«, hatte Tjaželenko angesetzt zu sagen und zugleich sich zu erheben, doch weder das eine noch das andere gelang ihm, er fiel in die Kissen zurück.

»Ißt du das alles allein?«

»Nein, mein Hund bekommt auch etwas ab«, antwortete er und zeigte auf ein winziges Bologneserhündchen, das, wahrscheinlich um seinem Herrn zu gefallen, wie er immer an einem und demselben Platz lag.

»Gott sei dein Richter! Aber im Ernst«, fuhr ich fort, »willst du mich nicht zum Essen zu den Zurovs begleiten?«

»Ii! wo denkst du hin! bist du bei Sinnen?« sagte er und winkte ab. »Bleib lieber hier: bei mir gibt es herrlichen Schinken, Stör, sibirische Pelmeni, Würstchen, Pudding, Truthahn und eine herrliche Dračonka, mit Kaviar, nach meinem eigenen Rezept.«

»Nein, danke; ich hab mein Wort gegeben; außerdem führen sie zur Zeit bei Tisch ein interessantes Gespräch über die Vorbereitungen ihrer Spazierfahrten.«

Plötzlich belebte sich Tjaželenkos Gesicht; er unternahm eine schreckliche Kraftanstrengung und – erhob sich.

»Auch du! – Auch du!« – riefen wir beide gleichzeitig.

»Was hat dein Ausruf zu bedeuten?« fragte ich.

»Und deiner?«

»Meiner«, gab ich zur Antwort, »ist mir vor Erstaunen entfahren, weil die Zurovs eben unter Konvulsionen litten, und du bist eben nur mit Mühe auf die Beine gekommen, nur weil ich die Rede auf den Frühling und die Spazierfahrten brachte. Du siehst, mein Ausruf hatte keinen Grund. Aber welchen hatte deiner?«

»Mein Grund ist ernsterer Natur«, antwortete er und steckte ein Stück Roastbeef in den Mund. »Ich dachte, du seist krank.«

»Krank? Ich danke für die Anteilnahme. Aber wie kommst du darauf?«

»Ich dachte schon, du hättest ... dich angesteckt.«

»Das wird ja immer verworrener! Bei wem? Womit?«

»Bei wem! bei den Zurovs.«

»So ein Quatsch! Erkläre dich, bitte.«

»Worte; laß mich ... erst essen.« Und er kaute leise, gemächlich, wie eine Kuh, das Fleisch. Schließlich war das letzte Stück verschwunden; alles aufgegessen, ausgetrunken, und der Diener, der zum Auftragen beide Hände gebraucht hatte, beförderte die Reste mit zwei Fingern hinaus. Ich rückte näher, und Tjaželenko begann:

»Hast du in den drei Jahren deiner Bekanntschaft mit den Zurovs etwas Außergewöhnliches an ihnen bemerkt?«

»Bis heute nichts.«

»Und fährst du diesen Sommer wieder aufs Land?«

»Nein, ich bleibe hier.«

»Dann wirst du, vom heutigen Morgen an, Tag für Tag dein blaues Wunder erleben.«

»Aber was soll das heißen? willst du mir das endlich sagen? und wenn da etwas Außergewöhnliches wäre, warum hast du es mir nicht früher gesagt?«

»Heißen soll das«, – fuhr Tjaželenko fort und machte eine gewichtige Pause, – »daß die Zurovs ein Leiden haben.«

»Was sagst du da? was für ein Leiden?« schrie ich entsetzt auf.

»Ein sonderbares, lieber Freund, ein sehr sonderbares und ansteckendes. Setz dich, hör zu und dräng mich nicht zur Eile ... Ich sehe, ich werde heute auch ohne deine Unterstützung sterbensmüde werden. Kein Wunder, wenn man so viel zu erzählen hat! Aber was tun: ich muß dich retten. Ich habe dir bis heute nichts erzählt, weil dazu kein Anlaß bestand: du hast in Petersburg immer nur den Winter verbracht, und in dieser Jahreszeit merkt man ihnen nichts an; sie sind so klug, so geistreich; die Zeit vergeht mit ihnen wie im Fluge; dagegen im Sommer, o Wunder! sind sie wie verwandelt; sind sie ganz andere Menschen; sie essen nicht, sie trinken nicht; sie haben nur noch eins im Sinn ... O wehe! wehe! und nichts kann ihnen helfen!«

»Sag mir wenigstens Namen und Symptome dieser Krankheit«, bat ich.

»Einen Namen hat sie nicht, weil das, wahrscheinlich, der erste Fall ist; die Symptome erkläre ich dir gleich. Doch wie, wo soll ich anfangen? ... Also, hör zu ... Aber es ist verhext mit Dingen, deren Namen man nicht kennt ... Also, sagen wir, ich nenne sie einstweilen ›die Schwere Not‹, später, wenn die Ärzte dahinterkommen, werden sie ihr schon den richtigen Namen geben. Die Sache ist die, daß es die Zurovs den Sommer über nicht zu Hause hält! welch schreckliches, welch mörderisches Leiden.« – Und Tjaželenko stieß, mit einem Seufzer, ein halbes Pfund Luft aus, wobei er eine essigsaure Grimasse schnitt, als habe man ihm einen Lieblingsleckerbissen vor dem Munde weggeschnappt. Ich mußte laut lachen.

»Aber Nikon Ustinovič! ein Leiden ist das nur in deinen Augen. Du bist mit einer viel schlimmeren Krankheit behaftet: du liegst dein Leben lang auf demselben Fleck. Dieses Extrem führt sehr viel eher ins Verderben. Oder willst du dir, womöglich, nur einen Scherz erlauben?«

»Was heißt hier Scherz! das ist eine Krankheit, Freund, eine schreckliche Krankheit! Laß es mich genauer sagen: was sie zugrunderichtet, ist eine unwiderstehliche Leidenschaft für Spaziergänge.«

»Aber das ist eine höchst angenehme Leidenschaft! Ich selbst habe ihnen mein Wort gegeben, mich daran zu beteiligen.«

»Du hast dein Wort gegeben?« rief er: »o unglücklicher Filipp Klimyč! was hast du getan! Du bist verloren!« Er war den Tränen nahe. »Hast du auch schon mit Verenicyn darüber gesprochen?«

»Noch nicht.«

»Na Gott sei Dank! noch ist also Zeit, alles wieder einzurenken: nur – hör auf mich, hör mir gut zu.« – Ich sah ihn fragend an, doch er fuhr fort: »Ich selber hatte früher – du erinnerst dich, vor vielen Jahren, als ich noch die Dummheit besaß, den größten Teil des Tages und sogar der Nacht auf den Beinen zu verbringen: ja, ja, die Jugend! – zuweilen nichts dagegen, in den Wald zu gehen, mit einem kleinen Vorrat, etwa … na … einem gebratenen Truthahn unterm Arm und einer Flasche Malaga im Beutel; ich setz mich unter einen Baum, der Tag ist warm, ich esse, ich lege mich ins Gras; na, und dann zurück nach Hause. Aber diese Leute bringen sich mit ihrem Spazierengehen einfach um. Stell dir vor, wie weit es mit ihnen schon gekommen ist! wenn sie im Sommer auch nur einen Tag zu Hause bleiben, dann ist das für sie, nach eignem Eingeständnis, das ich bei einem ihrer Anfälle zu hören bekam, als würge und bedrücke sie etwas, das ihnen keine Ruhe läßt; unwiderstehlich die Gewalt, die sie ins Freie zieht, ein böser Geist, ein Dämon sitzt in ihnen, und sie« – hier verfiel Tjaželenko in Feuer – »sie schwimmen, springen, laufen, und sind sie geschwommen, gesprungen, gelaufen – ›da hin‹, sie hetzen sich fast bis zu Tode, daß sie nicht auf der Stelle umfallen! mal klettern sie Steilhänge hinauf, mal steigen sie in tiefste Schluchten.« – Hier begleitete er jeden Begriff mit einer malerischen Geste. – »Sie waten durch Furten und Bäche, versinken in Sümpfen, zwängen sich durch dorniges Gestrüpp, klettern auf die höchsten Bäume; wie oft sind sie um ein Haar ertrunken, in Abgründe gestürzt, im Schlamm stecken geblieben, vor Kälte erstarrt, sie haben sogar – furchtbar! – sie haben Hunger und Durst gelitten!«

Dieser Redeschwall brach aus Tjaželenko hervor, wie auch der Schweiß, der ihm ausbrach. Oh, wie schön war er in diesem Augenblick! edler Zorn umwölkte seinen massigen Schädel, dicke Schweißtropfen standen ihm auf Stirn und Wangen, und der beseelte Gesichtsausdruck ließ sie wie Tränen aussehen. Vor meinem Auge erstanden die goldenen, klassischen Zeiten der Antike; ich suchte nach einem treffenden, ihm angemessenen Vergleich unter den berühmten Männern, und entdeckte eine Ähnlichkeit mit dem römischen Kaiser Vitellius.

»Bravo! bravissimo! sehr gut!« rief ich; doch er fuhr fort:

»Filipp Klimyč! Das Elend, das nackte Elend hat sie heimgesucht! Den lieben langen Tag nur gehen, nichts als gehen! Gut, daß sie noch schwitzen können: das ist ihre Rettung; doch bald wird auch dies segensreiche Naß versiegen, wird aufgezehrt sein, und was wird dann aus ihnen? Und tief hat sich die Seuche eingegraben; langsam strömt sie durch die Adern und zehrt am Lebenselixier. Der gute Aleksej Petrovič! die liebenswerte Marja Aleksandrovna! die altehrwürdige Großmutter! die Kinder – diese armen jungen Menschen! Jugend, blühende Gesundheit, glänzende Hoffnungen – alles wird zunichte, geht an Auszehrung zugrunde, bei schwerster, freiwilliger Arbeit!« Er schlug die Hände vors Gesicht, ich brach in lautes Lachen aus. »Da kannst du lachen, hartherziger Mensch?«

»Wie soll ich da nicht lachen, Freund, wenn du, ein dermaßen gleichgültiger Mensch, der, stürzte über deinem Kopf die Welt zusammen, nicht mal den Mund aufmachen würdest, um zu fragen, was das für ein Gepolter sei – dich eine Stunde schon in Feuer redest, schwitzt und, wenn du könntest, sogar Tränen vergießen würdest, nur weil sich andre einem harmlosen, dir verhaßten Vergnügen hingeben – dem Spazierengehen!«

»Du begreifst noch immer nicht, daß ich nicht

scherze. Hast du etwa die tückischen Symptome nicht bemerkt?« sagte er verärgert.

»Ich weiß es nicht ... mir schien ... Was für Symptome sollen das denn sein?« fragte ich.

»Unablässiges Gähnen, Träumen, Sehnsucht, Schwermut, Schlaflosigkeit, Appetitlosigkeit, blasse Gesichtsfarbe, bei sonderbaren Flecken, die zugleich überall im Gesicht auftreten, und in den Augen etwas Wildes, Sonderbares.«

»Genau deswegen bin ich hier, um dich danach zu fragen.«

»Begreife, nimm zur Kenntnis: sobald in ihnen auch nur der Gedanke aufblitzt an Wälder, Felder, Sümpfe, abgeschiedne Plätze, treten alle die Symptome ein, und sie befällt die Schwermut und ein Zittern, eh sie nicht ihren armen Wunsch erfüllt: sie hasten ins Freie, Hals über Kopf, ohne Rücksicht, greifen kaum das Allernötigste; sie sind dann wie Getriebene, gejagt von allen Höllenteufeln.«

»Und wohin fahren sie?«

»Überallhin: in einem Radius von dreißig Verst um Petersburg gibts keinen Strauch, den sie nicht schon durchstöbert hätten. Ich meine nicht die allgemein bekannten Stätten, wie Peterhof, Pargolovo, die jedermann besichtigt: sie suchen unablässig nur nach unbesuchten Plätzen, abgelegnen Winkeln, um dort – stell dir das vor – Zwiesprache mit der Natur zu halten, um frische Luft zu atmen, zu fliehen vor dem Staub und ... weiß der Kuckuck, wovor sonst noch! Hör Marja Aleksandrovna; sie wird dir sagen: ›Hier – erstickt man doch vor lauter Marktlärm und vor Gastwirtschaftsbetrieb!‹ Hm! welche Ungerechtigkeit! tiefschwarze Undankbarkeit! fliehen vor den Märkten, Gastwirtschaften, diesen Zufluchtsorten der Gesundheit und des allgemeinen Glückes! fliehen vor dem Zentrum, ja dem Brennpunkt zwei der reichsten Reiche der Natur – des Tierreichs und des Pflanzenreichs; ersticken an der Luft der Stätten, wo man dem süßesten Bedürfnis – dem Essen – Paläste baut, Altäre schmückt! Nenn mir einen Ort von gleicher Majestät und Ewigkeit und sage mir, worin die Ausstellung der Köstlichkeiten, die hier abgehalten wird, zurücktritt hinter einer Kunstausstellung? Und schließlich: fliehen – vor dem Genuß, der uns als einziger niemals im Stich läßt und der uns – ewig jung und immer frisch – täglich mit neuen, niemals welken Blumen überschüttet! Alles übrige ist Wahn, ist trügerisch und unbeständig; alle andern Freuden fliehen uns im Augenblick, in dem sie sich erfüllen, wohingegen hier, wenn irgendetwas fliehen wollte, sogleich die sichre Kugel losschnellt und sich, dem Ruf des Wunsches folgend, das Opfer der Begierde unterwirft. Wozu der Luxus, wozu die überreichen Gaben, wenn nicht, um sie in Dankbarkeit entgegen- und in sich aufzunehmen ...«

Ich sah, daß Tjaželenko sich den Feinheiten der Gastronomie näherte, einer Wissenschaft, die er so erfolgreich betrieb, theoretisch wie praktisch, wofür er mir an einem und demselben Vormittag je ein Bei- spiel gegeben hatte, und gebot ihm deshalb Einhalt.

»Du vergißt die Zurovs«, sagte ich.

»Was soll ich dir von ihnen noch erzählen? die Fa- milie ist ruiniert, verloren! – Stell dir vor«, so fuhr er fort, »das tägliche Programm von Aleksej Petrovič beschreibt einen Kreis, der fast die Summe aller Spa- ziergänge in meinem ganzen Leben übertrifft. Sein Weg führt ihn, zum Beispiel, aus der Gorochovaja zum Alexander Nevskij-Kloster, von dort zum Ka- mennyj Ostrov, vom Krestovskij Boulevard über die Kotlovskaja zum Petersprospekt, weiter auf die Basi- liusinsel, und dann zurück in die Gorochovaja. Was sagst du nun? und das zu Fuß, im Laufschritt – ist das nicht schrecklich? Ja mehr noch! Manchesmal auch mitten in der Nacht, wenn alles liegt, ob arm, ob reich, die Tiere, Vögel ...«

»Ich glaube, Vögel schlafen nicht im Liegen«, wen- dete ich ein.

»Ach ... na, seis drum. Doch schade für sie! War-

32

um mußte ihnen die Natur dies unschuldige Vergnügen nehmen! Wo war ich stehengeblieben?«

»Die Vögel, sagtest du.«

»Aber du sagst doch, die Vögel schliefen nicht im Liegen. Augenblick; wer liegt denn noch? ...«

»Liebster Tjaželenko, geht es nicht ein wenig einfacher, ich meine, näher am Gegenstand? Du wirst doch sonst nur müde.«

»Wie wahr, wie wahr. Danke, daß du mich erinnerst. Also, wenn du gestattest, lege ich mich lieber hin: dann wird mir wohler.« – Er legte sich in die Kissen und fuhr fort: »Also, manchmal, mitten in der Nacht, springt Aleksej Petrovič plötzlich aus dem Bett, tritt auf den Balkon und weckt dann seine Frau: ›Ach, Marja Aleksandrovna, es ist so eine wunderbare Nacht! wenn wir doch spazierenfahren könnten!‹ Und plötzlich – ist der Schlaf verflogen! das ganze Haus springt auf, man zieht sich eiligst an und stürzt hinaus, in Begleitung der beiden treuesten Diener, die – wehe! – ebenfalls schon angesteckt sind. Oder ein andermal, bei dem ich Zeuge wurde, beim Essen, in diesem schönsten Augenblick unseres Daseins, zwischen Sauce und Braten, da sich die ersten Hungerstürme schon gelegt, doch nicht erloschen war die freudige Erwartung weiterer Genüsse, ruft Aleksej Petrovič plötzlich: ›Sollten wir Pastete und Braten nicht draußen vor der Stadt im Grünen essen?‹ Gesagt, getan – Pastete und Braten fliegen fort ins Grüne, und ich, alleine, Tränen in den Augen, geh nach Hause. Kurzum, noch nie zog es mit solcher Inbrunst auch nur einen Jünger des frauenliebenden Propheten nach Mekka, noch nie hat auch nur ein altes Weib aus Moskau oder Kostroma so sehr gedürstet nach der Heiligkeit der Höhlenkloster Kievs.«

»Bei dieser Leidenschaft für die Natur wäre ein Leben auf dem Lande angeraten«, sagte ich.

»Das hatten sie ja, früher; doch die Kinder sind herangewachsen; die Sorge um ihre Erziehung und andere wichtige Umstände halten sie in der Stadt fest. Ach, trügen doch nur sie an dieser ›Schweren Not‹, das Schlimme ist: dank ihrer ungezählten Vorzüge suchen viele Menschen ihre Nähe, und jeder, der im Sommer hier lebt, – wird daran zugrundegehen. Der alte Professor wird schwermütig, ihn fliehen Schlaf und Appetit; seiner Nichte Zinaida sind mehrere Verehrer weggelaufen, weil denen ihr neues Talent mißfiel – das Gähnen; und die hübsche Diplomatengattin würde nie wieder genesen, führe sie nicht jeden Sommer zur Kur.«

»Mir scheint, das Elend liegt bei dir«, sagte ich: »schon von den Lappalien, die du mir hier erzählst, bekomme ich Hunger.«

»Ihn zu stillen, werd ich dich nicht hindern«, antwortete Tjaželenko verdrossen, »ebensowenig daran, mir zu glauben oder nicht.«

»Sei mir nicht böse, lieber Freund! – nein, sag mir lieber, wie du mich retten wolltest, und worin liegt die Wurzel allen Übels?«

»Wie! als hätte ich dir das nicht längst gesagt? Verenicyn, Freund: er ist die Ursache, er hat die Zurovs angesteckt.«

»Ist das die Möglichkeit! er, ein ihnen so ergebener Mensch!«

»Ja, ja«, unterbrach mich Nikon Ustinovič, »ein wunderbarer Mensch, er ißt gern und so weiter; aber was tun! Vor acht Jahren hatte er sich vorgenommen, Rußland zu bereisen, er war auf der Krim, war in Sibirien, im Kaukasus – manche Menschen schweifen nun mal in die Ferne! als hätten sie hier nichts zu beißen! – zuletzt hat er bei Orenburg gelebt. Vor vier Jahren ist er zurückgekehrt, mit Veränderungen im Charakter und mit der ›Schweren Not‹. Und wie zuvor besuchte er die Zurovs jeden Tag, und jeden Tag hat er ein wenig Gift in ihre Gehirne geträufelt – und sie auf diese Weise vergiftet; und jeder, je näher er ihm kommt, je offener er zu ihm ist, steckt sich nur um so schneller, leichter und um so sichrer an.«

»Und«, fragte ich, »hast du dich nach der Ursache der Krankheit erkundigt?«

»Natürlich! bei ihm selbst; allein, er gibt nur widerwillig Antwort, wendet sich verdrossen ab und zischelt durch die Zähne: ›So so, eine Krankheit!‹ Übrigens hat mir die Wirtschafterin der Zurovs, Anna Petrovna, meine gute alte Freundin, mehrfach insgeheim erzählt, er sei, damals in Orenburg, oft in die Steppe gefahren, weil er verliebt gewesen sei in ein Kalmükenmädchen; oder eine Tatarin, wer weiß! Da kannst du sehen, was er für ein Mensch ist! man bringt kein Wort aus ihm heraus; versuch und frage ihn einmal: ›Ivan Stepanyč, was haben Sie heute gegessen? was für Gerichte?‹ – und wenn er platzt, er würde es nicht sagen: so verschlossen ist er! Also, Anna Petrovna behauptet, er habe sogar in den Zelten der Nomadenstämme geschlafen und zwei Kinder gezeugt, die er, niemand weiß wo, in Pflege gegeben habe. Wen würde es wundern, wenn er in den weiten Steppen diese Neigung für die freien Felder erworben hätte? verführerisch, das sind sie wirklich: asiatische Hexen waren allemal gewitzter als die europäischen. Hast du gelesen, was man über die arabischen Wahrsager schreibt? Die reinsten Wunderdinge! Vielleicht hat das Kalmükenmädchen ihn aus Eifersucht verhext. Geh nur mal abends zu ihm: die Verdammten hängen ihm nur so an den Augen und wenden keinen Blick von ihm!«

»Was für Verdammte?«

»Na, die jungen Katzen! zwei hat er immer auf dem Arm, zwei bei Tisch und zwei im Bett, tagsüber sind sie alle weg. Sag, was du willst, da geht was nicht mit rechten Dingen zu!«

»Und du schämst dich nicht, solch einen Unsinn zu glauben?«

»Ich glaube ihn ja nicht, ich gebe nur Anna Petrovnas Vermutungen wieder.«

»Du hast mir immer noch nicht sagen können, warum du dich nicht selber angesteckt hast und ob es nicht ein Gegenmittel gibt.«

»Ein zuverlässiges – nein; das muß jeder für sich selbst herausfinden. Mich gewarnt hat der verstorbene Oberst Truchin, der ebenfalls der Ansteckung nicht erlegen war. Er hat sich nicht hinters Licht führen lassen: kaum hatte Verenicyn angefangen, auf ihn einzureden, nahm er, weil er sich plötzlich so merkwürdig fühlte, all seine Kräfte zusammen, um das Elend abzuschütteln. Zum Glück kannte er ein Gedicht, das Verenicyn jedesmal in dumpfe Schwermut versetzte. Der Oberst also deklamierte: jener fiel in Ohnmacht, und er war gerettet. Seitdem hat Verenicyn nie wieder versucht, ihn ins Verderben zu stürzen, obwohl er eigentlich nichts unversucht läßt und sich wie ein Verführer, wie ein Dämon in die Herzen einschleicht, sie in den Schlaf wiegt, bewußtlos macht und dann mit seinem Zauber infiziert, – ich weiß nicht, ob er ihn ins Essen mischt, in die Getränke … Als er daranging, mich mit seinen Höllennetzen zu umgarnen, mußte ich mir etwas überlegen, um ihn mit einem Streich niederzustrecken; mit etwas ganz Besonderem, so hatte Truchin mir geraten. Ich überlegte, überlegte und schließlich – errätst du, womit ich ihn geschlagen habe?«

»Ich weiß es nicht.«

»Weißt du, was ich für eine Stimme habe?«

»Eine Stimme? wie meinst du das? …«

»Du weißt es also nicht? Warte, ich singe dir etwas vor.« Er schob die Lippen vor, blies die Wangen auf und wollte eben die Heimstatt mit unreinen Klängen erfüllen; als mir plötzlich das Kreischen ungeschmierter Räder in den Sinn kam: von dieser Erinnerung dröhnten mir die Ohren, ich schwenkte abwehrend die Hände und rief aus Leibeskräften:

»Ich weiß, ich weiß! Sei so gut, verschone mich! Du hast eine ungeheuerliche Stimme!«

»Eben, eben«, sagte er. »Meine Heimat ist zwar berühmt für ihre melodischen Stimmen, aber keine Familie ohne Mißgeburt! Als er anhob, auf mich einzureden, sang ich los, aus voller Kehle: er hielt sich die Ohren zu und war verschwunden. Denk du dir auch was aus; aber vergiß nicht, es muß ihn sofort, beim allerersten Mal aus dem Felde schlagen, sonst adieu! bist du verloren. Später haben sich die Zurovs selber in den Kopf gesetzt, mich hineinzuziehen, und mich zu einem Spaziergang im Sommergarten überredet, vermutlich in der Absicht, mich von dort hinaus ins Grüne zu verschleppen. Es hat sie einiges gekostet, mein Einverständnis einzuhandeln, dann gingen wir los. Doch da ich ihr feindseliges Ansinnen durchschaut hatte, hielt ich nach Möglichkeiten Ausschau zu verschwinden, – und was meinst du? zwei Schritte weiter – eine Metzgerei! Da war nicht lang zu überlegen: sie waren ins Gespräch vertieft, ich schlüpfte in den Laden. Sie hatten keine Ahnung, wohin ich wohl verschwunden war, sie blickten um sich, blickten um sich, und ich schau aus dem Fenster und sterbe vor Lachen! Das ist alles, was ich dir über die ›Schwere Not‹ mitteilen kann, – frag nicht weiter. Schau mir ins Gesicht: siehst du, wie in ihm die Ruhe gestört ist durch traurige Erinnerungen und durch die lange Erzählung? Ermiß daran die Größe des Opfers, das ich der Freundschaft dargebracht; störe nicht länger meine Ruhe und – entferne dich. – Eh, Voloboenko!« rief er seinen Diener: »Wasser! kühl mir den Kopf, laß die Vorhänge herunter – und bis zum Essen keine Störung mehr.«

Vergeblich unternahm ich den Versuch, ihm weitere Fragen zu stellen: er ließ sich nicht erweichen und wahrte heilig hartnäckiges Schweigen. »Leb wohl, Nikon Ustinovič!« Er nickte mir schweigend zu, und ich ging.

Wer von ihnen ist nun krank? dachte ich, nachdem ich ihn verlassen hatte: sicher Tjaželenko. Was für einen Unsinn hat er mir über diese lieben, guten Zurovs erzählt? – Wie würde ich mich mit ihnen über die Faulheit meines Freundes amüsieren!

Nach einem kurzen Spaziergang kehrte ich zu den Zurovs zurück, doch obgleich die Essensstunde nahte, dachten hieran weder die Diener noch die Herrschaften. Aleksej Petrovič war mit den ältesten Kindern dabei, das Angelzeug zu richten; Marja Aleksandrovna schrieb etwas. Ich warf einen Blick auf ihr Blatt Papier und las am oberen Rand in Großbuchstaben die Überschrift: »Verzeichnis von Tafelsilber, Tischwäsche und Geschirr, für die Ausflüge dieses Sommers.« Oho! dachte ich, hier sind ernste Vorbereitungen im Gange! – Ein wenig abseits stopfte Fekluša rauchgraue Strümpfe, ebenfalls für die Ausflüge. Marja Aleksandrovna empfing mich mit einem Gähnen. »Ivan Stepanyč erwartet Sie im Billardzimmer«, sagte sie. »Zum Essen ist es noch ein wenig früh: er bittet Sie, eine Partie mit ihm zu spielen.«

Verenicyn empfing mich mit einem Ausdruck im Gesicht, mit dem Sie der Kaufmann im Laden, der Schneider in seinem Atelier empfängt, d.h. mit der Hoffnung auf Beute. Wir bewaffneten uns mit Queues und begannen zu spielen. Plötzlich, während des Spiels, mußte ich ihn unwillkürlich genauer ansehen: er gähnte und sah mich mit trauriger Miene an.

»Was ist Ihnen? was haben Sie?« fragte ich und stürzte auf ihn zu.

»Nichts; spielen Sie weiter«, sagte er im Baß, »siebenundvierzig zu vierunddreißig.«

»Nein«, antwortete ich, »spielen wir nachher weiter, jetzt lassen Sie mich verschnaufen, ich war heute viel auf den Beinen.«

»Um so besser! setzen wir uns auf den Divan.« – Wir setzten uns. Ich legte den Kopf auf ein Kissen. Er, über mein Ohr gebeugt, begann etwas zu flüstern, so leise, daß ich kein Wort verstand. Mir war langweilig: ich schlummerte ein. »Sie schlafen?« fragte er hastig.

»Bei … naah …« murmelte ich schlaftrunken.

»Oh, bitte schlafen Sie nicht! ich habe mit Ihnen so Vieles zu besprechen, ich fange doch eben erst an.«

»Par … don … ich … kann … nicht.«

Was weiter geschah, weiß ich nicht: ich war ein-eingeschlafen; ich hörte nur im Halbschlaf, wie er im Weggehen seufzte und sagte: »Wieder ein Fehlschlag! er ist eingeschlafen, ohne mich anzuhören. Offenbar kann ich mein Leiden nicht weiter verbreiten, son-dern muß es mein Leben lang allein tragen und mich auf meine einzigen Gefährten beschränken, die Zu-rovs.« – Ich weiß nicht, ob ich lange geschlafen habe; der Diener weckte mich, als alle bereits am Tische Platz genommen hatten.

Wieder ein Fehlschlag, hat er gesagt, – dachte ich: wenn an Tjaželenkos Geschichte doch etwas wahr wäre? Arme Zurovs! Ich dagegen war der teuflischen Verführung dank einem erquickenden Schlaf entron-nen!

Bei Tisch saßen, außer den Zurovs, noch Zinaida und ihr Onkel. Zunächst entspann sich ein heiteres, abwechslungsreiches Gespräch; doch gegen Ende des Essens begann Aleksej Petrovič plötzlich herzhaft zu gähnen, und das Gähnen übertrug sich, mit Ausnah-me von mir, auf alle.

»Und wann geht es hinaus?« fragte Aleksej Petro-vič, an Verenicyn gewandt.

»Übermorgen«, antwortete dieser.

»Großmutter!« rief Volodja: »wie wird das Wetter übermorgen?«

»Bewölkt«, antwortete die alte Dame.

»Bewölkt, das macht nichts!« sagte Marja Aleksandrovna: »selbst wenn es ein bißchen regnet, fahren können wir trotzdem.«

»Aber ich bitte Sie!« rief ich aus: »warten Sie doch wenigstens bis Mai: es ist noch zu kalt, auf den Wiesen wächst noch nicht mal Gras. Wie kann man im April an Ausflugsfahrten denken, noch dazu bei Ihrer Gesundheit! …«

»Wieso, ist meine Gesundheit etwa schlecht?« unterbrach sie mich. »Ich bin doch relativ oft gesund: denken Sie an meinen Namenstag, an den dritten Tag nach Heilig Abend und während der Großen Fasten, dreimal habe ich mich wohlgefühlt, – was will man mehr?«

»Und Sie kommen mit uns?« fragte mich Aleksej Petrovič, »Sie haben uns Ihr Wort gegeben.«

»Ich bin bereit, dieses Vergnügen mit Ihnen zu teilen«, erwiderte ich: »aber nicht vor Juni, und auch nicht unablässig und nicht zu jeder Zeit, wie Sie es vorzuhaben scheinen. Ich kann nicht verstehen, daß es Ihnen nicht über wird, so oft im Freien zu sein: was kann man dort draußen schon tun?«

»Ist das die Möglichkeit!« riefen alle im Chor; »was man im Freien tun kann!« – Und los gings: »Ohne Mütze in der Hitze sitzen und angeln«, brach es ungestüm aus Aleksej Petrovič hervor.

FEKLA: »Butter und Sahne essen, Beeren und Pilze sammeln.«

ZINAIDA: »Das Blau des Himmels schauen, den Duft der Blumen atmen, der Strömung des Wassers folgen, über Fluren und Auen wandeln.«

VERENICYN: »Wandern, bis man müde wird, die Pfeife im Mund, alles nachdenklich betrachten und in jede Schlucht hinabschauen.«

DIE GROSSMUTTER: »Im Gras sitzen und Rosinen essen.«

DER ÄLTESTE SOHN, STUDENT: »Trocken Brot essen, Wasser trinken und Vergil und Theokrit lesen.«

VOLODJA: »Auf die Bäume klettern, Vogelnester suchen und aus Weidenruten Flöten schnitzen.«

MARJA ALEKSANDROVNA: »Kurzum, die Natur genießen, in vollen Zügen und im wahren Sinne des Wortes. Draußen vor der Stadt ist die Luft sauberer, duften die Blumen stärker, dort weitet sich die Brust in ungekanntem Entzücken; dort ist das Himmelszelt nicht grau von Staub, der in Wolken von stickigen Mauern und stinkenden Straßen ausgeht; dort geht der Puls regelmäßiger; das Denken ist freier, die Seele heller, das Herz reiner; dort hält der Mensch Zwiesprache mit der Natur in ihrem ureigenen Tempel, inmitten der weiten Felder, erkennt die ganze Größe ...« Und so weiter! und so weiter! – O Gott! die Krankheit, es war eine Krankheit! Ich sah, ich sah es, Nikon Ustinovič hatte recht – eine verlorene Familie! – Ich ließ den Kopf auf die Brust sinken und schwieg, was hätte Widerspruch genützt? Wer kämpft als einzelner schon gegen eine Übermacht?

Mit diesem Tage wurde ich zum tief bekümmerten Beobachter des Verlaufs der »Schweren Not«. Manchmal kam mir der Gedanke, zu versuchen, sie vor der diabolischen Verführung zu bewahren – wenigstens auf Zeit, gewaltsam, indem ich, kurz bevor sie aufbrachen, die Tür abschloß, oder Zuflucht suchte bei berühmten Ärzten, um zuerst ihre Neugier, dann ihre Anteilnahme zu wecken und sie um Hilfe für die unglücklich Leidenden zu bitten; dies jedoch hätte bedeutet, mich für immer mit den Zurovs zu überwerfen, denn sie hatten nicht den Verstand verloren, und wenn von Ausflügen nicht die Rede war, dann waren sie dieselben »winterlichen« Zurovs; will sagen, genauso liebenswürdig und gut wie im Winter.

Ich will den Leser nicht mit der Schilderung aller verschiedenen Erscheinungsbilder und einzelnen Anfälle der »Schweren Not« ermüden; die Erzählung meines Freundes Tjaželenko, die ich hier beinahe unverändert wiedergegeben habe, vermittelt von dieser Krankheit einen allgemeinen Begriff; mir bleibt, um der größern Klarheit und Glaubwürdigkeit willen, le-

diglich die Beschreibung einer oder zweier Ausflugsfahrten, die den krankhaften Zustand meiner beiden
Bekannten am treffendsten kennzeichnen.

Jeder von ihnen war unweigerlich durch ein besonderes Abenteuer gekennzeichnet: mal brach die Ach-
se, die Kutsche fiel auf die Seite, und aus ihr ergos-
sen sich, wie aus einem Füllhorn, in wundersamstem
Chaos verschiedene Gegenstände – Kochtöpfe, Eier,
Braten, Männer, der Samowar, Teegläser, Spazier-
stöcke, Galoschen, Damen, Brezelkringel, Schirme,
Messer, Löffel; mal zwangen tagelanger Regen und
Übermüdung, Obdach in einer Hütte zu suchen, die
sich, in ihrer Vielfalt, ebenfalls in eine interessante
Szene verwandelte – Kälber, rotznasige Kinder, nackte Holzbänke, schwarze Wände, russische und finnische Männer, Kakerlaken, Pfannen, Teller, russische
Damen und finnische Weiber, Galoschen, Mäntel,
Bauernröcke, Damenhüte und -schuhe spielten, ohne
vorherige Proben, ein vielstimmiges Divertissemen-
to. Zum allgemeinen, großen Vorkommnis gesellten
sich in der Regel einzelne, kleine: mal fiel eines der
Kinder ins Wasser, mal benetzte Zinaida Michajlovna
aus Versehen ihr reizendes Füßchen in einem sumpfi-
gen Graben … Es ist jedoch unmöglich, alles wieder-
geben zu wollen, was sich während dieser Überfälle
auf Wälder und Felder ereignete; und hätte es denn

anders sein können, nachdem die Unglücklichen all diese Widrigkeiten doch geradewegs suchten? So erinnere ich mich, wie wir eines Morgens, als das Wetter eben noch erträglich war, übereinkamen, am selben Tage, nach dem Essen, hinauszufahren nach Strelna, um den dortigen Palast nebst Park zu besichtigen. Während des Essens bezog sich der Himmel mit bleigrauen Wolken, von ferne war Donner zu hören; der kam schließlich näher und näher, ein schrecklicher Regen ging nieder. Ich hatte mich gefreut bei dem Gedanken, daß die Spazierfahrt sicher aufgeschoben würde, um so mehr, als die dicken Regentropfen langsam in die kleinen, feinen eines Dauerregens übergingen; ich hatte mich zu früh gefreut: etwa um fünf Uhr fuhren an der Freitreppe einige Mietdroschken vor.

»Was soll das bedeuten?«

»Was das bedeuten soll? nach Strelna!« riefen alle.

»Aber will denn wirklich jemand bei solchem Wetter fahren?«

»Ist es denn schlecht? Es regnet doch nur.«

»Reicht Ihnen das nicht? Aber wir können uns verkühlen, uns erkälten, uns den Tod holen.«

»Ja und? dafür amüsieren wir uns! Wir haben fünf Schirme dabei, sieben wasserundurchlässige Mäntel, zwölf Paar Galoschen, und …«

»Und die Angelruten!« fügte Aleksej Petrovič hinzu.

Es war nichts zu machen; ich hatte mein Wort gegeben und fuhr mit. Es regnete und regnete, auch noch am nächsten Morgen; deshalb mußten wir, in Strelna angekommen, ohne den Palast gesehen zu haben, direkt zu einem Gasthaus fahren, wo uns der Genuß zuteil wurde, Tee von zweifelhafter Qualität, Farbe und ebensolchem Geschmack zu trinken und trockenes Fleisch zu kauen.

Danach ging ich seltener zu den Zurovs, denn dank der Ausflugsfahrten war ich dreimal krank geworden, oft traf ich sie auch nicht zu Hause an, und wenn, dann immer bei der Vorbereitung eines Ausflugs oder der Erholung von einem solchen, – meistens aber waren sie krank. Doch hatte ich die Hoffnung auf ihre Genesung noch immer nicht aufgegeben und war der Meinung, daß der Rat der Freunde, die Hilfe der Ärzte und die schwindende Gesundheit die Wurzeln jener unseligen Manie schließlich vernichten würden. O weh! wie grausam hatte ich mich getäuscht! die nächsten drei Anfälle, oder, um ihre Sprache zu gebrauchen – drei Ausflüge sollten hinreichend beweisen, wie weit die »Krankheit« bei den Unglücklichen fortgeschritten war.

Eines Abends kam ich zu ihnen und wunderte mich über die Stille, die im Hause herrschte, in dem einander sonst fröhliches Rufen, Gelächter und Klavierakkorde abwechselten. Ich fragte den Diener nach dem Grund des ungewohnten Schweigens.

»Ein Unglück ist geschehen, Herr«, antwortete er flüsternd.

»Was für eines?« fragte ich erschrocken.

»Die alte Dame ist erblindet.«

»Das ist nicht möglich! O Gott! die arme Großmutter! Wie ist das passiert?«

»Gestern, vor der Stadt, hat es ihr gefallen, sehr lange in der Hitze zu sitzen und unverwandt in die Sonne zu schauen; als sie nach Hause kam, hat sie auf einmal nichts mehr gesehen.«

Im Salon begrüßte mich Aleksej Petrovič; er bestätigte das Gesagte und fügte hinzu, es tue ihm leid für die Großmutter, um so mehr, als dieser Umstand Ausflüge fürs nächste unmöglich mache. Ich schüttelte fünfmal den Kopf, einmal, um mein Mitgefühl für die Großmutter zu zeigen, viermal, um meinem Ärger über Aleksej Petrovič Ausdruck zu verleihen. – Nun, dachte ich: jetzt bleiben sie zumindest drei, vier Tage zu Hause! wie mich das freut; sicher werden sie sich dabei ein wenig beruhigen. Mit diesem tröstlichen Gedanken ging ich nach Hause und legte mich schlafen.

Am nächsten Morgen, es ging auf sechs, weckten mich ein Stimmengewirr und das Trappeln vieler

Füße auf dem Trottoir und zwangen mich, aus dem Bett aufzustehen. Da ich dachte, in der Nähe sei ein Feuer ausgebrochen, blickte ich durch die Fensterluke auf die Straße hinunter – und welch ein Anblick bot sich mir! Aleksej Petrovič ohne Mütze, mit wehendem Haar, mit wilder Freude in den Augen, verschlang mit Sprüngen den Raum; sein Mantel blähte sich im Wind wie ein Segel; in den Händen hielt er je eine Angelrute nebst allem Angelzubehör; ihm folgten, johlend, die Kinder – klein, kleiner, am kleinsten, wie die Orgelpfeifen – hüpfend, mal zurückbleibend, mal ihm vorauseilend. Ich erstarrte; noch nie war die »Krankheit« so offen in Erscheinung getreten. Ich sehe noch einmal hin – die ganze Meute bleibt vor meinem Fenster stehn und gähnt zu mir hinauf. »Wohin lenkt ihr eure Schritte, Unglückliche, und warum stört ihr eures Nächsten Ruhe?« heulte ich im Tone des Orators. Da sie mir in diesem Augenblick wie sonderbare Wesen erschienen, denen das Siegel der Verdammnis aufgedrückt war, hielt ich es, wie in solchen Fällen üblich, für nötig, im Gespräch mit ihnen eine besondere Sprache anzuschlagen.

»Wir gehn zu Fuß nach Pargolovo!« riefen sie im Chor.

»Schon wieder? und die Großmutter?«

»Soll sie bleiben, wo sie ist! wir haben es nicht

aushalten können; meine Frau ist bei ihr geblieben. Kommen Sie doch mit.«

»Sind Sie bei Sinnen? nach Pargolovo sind es zwölf Verst!«

»Sie kommen also nicht mit?«

»Um nichts in der Welt!«

»Uh! uh! uh!« johlten sie und liefen weiter. Ich blickte ihnen lange nach, und aus meinen Wimpern lösten sich zwei dicke Tränen. Was haben sie nur verbrochen, wofür straft sie der Himmel? dachte ich: unerforschlich sind deine Wege, o Herr! – Ungefähr drei Stunden später ging ein dichter Nebel, der sich bereits eine halbe Stunde nach diesem Vorfall über die Stadt gelegt hatte, in heftigen Regen über, und von Norden erhob sich ein eiskalter Wind. Ich mußte an die Unglücklichen denken, und das Erbarmen verbot mir, angesichts ihres sicheren Verderbens gleichgültig zu bleiben. Ich kleidete mich schnell an, nahm in Ermangelung eines Arztes einen Bader mit auf den Weg und machte mich in einer Droschke auf ihre Verfolgung, um Hilfe zu leisten, die, wie ich annahm, dringend nottat, – und ich sollte mich nicht geirrt haben.

In Pargolovo selbst fand ich sie nicht, hörte von den Bauern aber, daß sie noch sieben Verst weiter gelaufen waren, zu einem See, um dort zu angeln, und daß sie dafür, um die Fahrstraße zu meiden, einen Weg durch den Sumpf gewählt hatten. Es half nichts: ich mußte ihren Spuren folgen. Diese Spuren wurden bald sichtbar: mal waren es verlorene Mützen und Handschuhe, also Dinge, die, nach Ansicht von Aleksej Petrovič, auf Spaziergängen nur hinderlich waren. Schließlich fand ich sie: Aleksej Petrovič saß mit trübem Blick am Ufer, die Beine bis zu den Knien im Wasser, und hielt eine Angel in Händen. Er schlummerte und redete im Fieber, denn alles Blut war ihm aus den Füßen in den Kopf gestiegen. Neben ihm lag, das Maul aufgerissen, ein Barsch, und etwas weiter, in derselben Stellung, vor Kälte erstarrt, die Kinder. Ihre Stiefel standen halb voll Wasser, die Kleider waren vom Regen durchnäßt. – Dem Bader, der sich eine halbe Stunde lang um sie bemühte, gelang es schließlich, sie wieder zu sich zu bringen; während ich ins nächstgelegene Dorf lief, dort drei finnische Bauernfuhrwerke mietete, auf welche ich Aleksej Petrovič und die Kinder lud, sie mit Bastmatten zudeckte und sie, in ihrem erbarmungswürdigen Zustand, in die Stadt fuhr.

Nach diesem Abenteuer ließ ich mich ganze zwei Wochen nicht bei ihnen blicken. Schließlich, eines Sonntagmorgens, betrat ich das Vorzimmer. Dort stritten sich die beiden angesteckten Lakaien, mit allen unheilvollen Symptomen, über die bessere Art, ins Grüne zu fahren und die Luft zu genießen – hinten auf dem Trittbrett stehend oder vorn auf dem Kutschbock sitzend. Aha! da ist sie wieder, die Krankheit! dachte ich: unsere Lieben fahren wieder aus. Im Saal war die Stimme von Aleksej Petrovič zu hören: er gab Befehl, die Kutschen vorfahren zu lassen. In Windeseile stürzte ich hinaus, um am Abend wiederzukommen und mich zu erkundigen, ob ihnen nichts geschehen, d. h. ob nicht jemand verunglückt oder ums Leben gekommen sei, ob sich nicht jemand erkältet habe, ertrunken, erblindet sei oder ähnliches. Gegen zehn Uhr abends kam ich zu ihnen – und war starr vor Entsetzen: sie sahen sich selbst nicht mehr ähnlich. Die blassen, ausgezehrten Gesichter, die wirren Haare, verklebten Münder und trüben Augen – ich war zutiefst erschüttert. Jemand, der die Ursache nicht kannte, hätte meinen können, sie hätten die schrecklichste Folter erlitten, und wirklich hätten sie, ohne die Grenzen des Anstands zu verletzen, im *Robert* den Reigen der Toten aufführen können. Marja Aleksandrovna lag auf dem Bett und atmete kaum mehr; auf dem Tischchen neben ihr eine Unmenge an Fläschchen, Gläsern und Flacons mit Alkohol und verschiedenen stärkenden und beruhigenden Medikamenten. Im Eßzimmer deckten die beiden kranken Diener, auch sie blaß und halb verhungert, den Tisch.

»Wo kommen Sie her? was ist geschehen?« waren meine ersten Fragen.

»Ein wunderschöner Ausflug«, antwortete Zurov, noch ganz außer Atem. »Erzählen wir Ihnen gleich.«

»Warten Sie, beruhigen Sie sich doch erst, Sie fallen ja gleich tot um.«

»Eh! gebt uns schnell etwas zu essen! – Teufel, habe ich einen Hunger.«

»Wollen Sie jetzt noch zu Abend essen?«

»Nein, zu Mittag!«

»Mittagessen, jetzt! haben Sie denn nicht zur Mittagszeit gegessen?«

»Nein. Dazu war zuerst keine Zeit; wir sind so viel gelaufen und waren sogar ein wenig müde; und später, als wir essen wollten, haben uns die Bauern nichts gegeben, nur Milch, und wir hatten nur salzige Brötchen mitgenommen, weil wir zum Mittagessen zurücksein wollten; also haben wir nichts gegessen. Aber wem liegt schon am Essen! Was war dafür der Ausflug schön!«

»Wo sind Sie denn gewesen?« fragte ich.

»Über Srednjaja Rogatka hinaus, fünf Verst jenseits der Großen Straße, – eine wunderschöne Stelle!«

»Ach, was für eine Stelle!« sagte mit kaum vernehmlicher Stimme Marja Aleksandrovna und nahm ein paar Tropfen: »was für Aussichten! Zu schade, daß Sie nicht mitgefahren sind. Wie launisch, und wie großartig zugleich die Natur doch sein kann! Erzähl du, Zindaida, – ich kann nicht.«

»Stellen Sie sich«, begann Zinaida, »eine überaus malerische Anhöhe oberhalb eines Grabens vor; auf der Anhöhe drei Kiefern und Birken – wie auf dem Grab Napoleons, wie Ivan Stepanyč treffend bemerkte; dahinter ein See, der unter dem Windhauch mal sich kräuselt wie ein Musselin-Tuch, mal erstirbt und reglos daliegt, glatt und glänzend wie ein Spiegel; an den Ufern drängen sich, von allen Seiten, kleine Hütten, so als wollten sie ins Wasser springen, – lauter Heimstätten des anspruchslosen Glückes, der Arbeit, Zufriedenheit, Liebe und häuslicher Tugenden! Über den See hatte man, von einem Steilufer zum andern, mit unvorstellbarer Kunst und Kühnheit, die dem besten Ingenieur zur Ehre gereicht hätte, eine Brücke aus leichtem Gestänge geschlagen, bedeckt … bedeckt womit, *mon oncle*? Sie hatten es gesagt, aber ich habs vergessen …«

»Mit Mist, mein Liebes«, gab der Professor zur Antwort, »mit der einfachsten Sache der Welt.«

»Ja, schon möglich; nur verleiht er der Landschaft

ein ganz besonderes, höchst malerisches Colorit und erinnert an die Schweiz und an China. Doch leider ist die Natur auch dort, ferne dem lauten Treiben, nicht frei von der unreinen Berührung durch den Menschen! Stellen Sie sich vor: in diesem lieblichen See, auf den, wie man meinen sollte, nicht einmal der Wind zu hauchen wagt, waschen die Soldaten ihre Wäsche, und der Seifenschaum verbreitet sich über die gesamte Seeoberfläche.«

»Dann war Ihr See aber nicht größer als dieses Zimmer«, bermerkte ich, »wenn die Seife die gesamte Wasseroberfläche bedecken kann.«

»Doch, er war größer«, sagte Zurov unschlüssig.

»Das Wetter hier ist so schön«, fuhr Zinaida Michajlovna fort, »aber dort war es einfach wunderschön: ungewöhnlich heiß …«

»Ja, die Sonne hat tüchtig gebrannt!« pflichtete Aleksej Petrovič bei: »mir war sogar der Mund ganz ausgetrocknet. Wunderbar! herrlich! ich liebe die Hitze! Unterwegs habe ich meine Mütze verloren und deshalb die ganze Zeit barhaupt geangelt.«

»Wahrscheinlich aus Hochachtung vor den Fischen«, sagte ich.

»Nein, Fische gab es dort keine: nur Frösche, dauernd haben Frösche angebissen. Aber was spielt das für eine Rolle! Begreifen Sie dies, den selbstlosen Genuß, dazusitzen und darauf zu warten, daß der Schwimmer sich bewegt? Sie sind ein profaner Mensch! und werden diese göttliche Empfindung nie begreifen. Dazu braucht es ein Herz, kein so verhärtetes wie das Ihre, und ein zärtliches Fühlen.«

Ich bat Zinaida Michajlovna fortzufahren, und sie begann erneut:

»Also, es war ausgesprochen heiß, wie in den Tropen; eine ungeschützte Stelle, kein Schatten, nirgends ein Entrinnen – das reinste Arabien! Aber eine Luft! wie in Süditalien! Düfte wehen von überall her. Doch wieder stören Menschen die Harmonie: dort, wo süßeste Gerüche herrschen, wo unter jedem Grashalm Insekten sich des Lebens freuen, wo leicht der Wind jede Blüte umschmeichelt, wo das gefiederte Volk in einträchtigem Chor dem Schöpfer eine Dankeshymne singt, – auch dort wimmeln, wie die Würmer, Menschen, auch dort verrichten sie ihre kleinlichen Geschäfte: Sklaven ihrer verächtlichen Bedürfnisse und Berechnungen, haben sie die Natur zur Sklavin herabgewürdigt. Stellen Sie sich vor, auf diesem Fleckchen des Paradieses auf Erden hat man ... was für eine Fabrik errichtet, *mon oncle*? ich habe es wieder vergessen.«

»Eine Talgsiederei«, antwortete der Alte. »Immer vergißt du die einfachsten Dinge.«

»Das war wirklich unangenehm!« stöhnte die Großmutter auf: »ich wäre beinahe erstickt an dem Rauch, und der Gestank – du lieber Gott!«

»Warum nehmen Sie die alte Frau dorthin mit?« sagte ich halblaut: »sie ist eben erst von ihrer Krankheit genesen, und außerdem zu alt für solche weiten Reisen.«

Die Alte hatte es gehört. »Warum, mein Lieber, willst du ihnen ausreden, mich mitzunehmen?« grummelte sie böse: »ich bin doch ein lebendiger Mensch; was soll ich zu Hause schon tun?«

»Und ihr, Kinder, wie fühlt ihr euch nach dem Ausflug?«

»Ich habe Schädelbrummen von der Hitze, aber sonst war es lustig. – Auch ich fand es lustig, nur war mir den ganzen Tag von irgend etwas schlecht. – Ich habe Sonnenbrand, ich kann mein Gesicht nicht berühren. – Ich hatte den ganzen Tag Bauchweh, ich weiß nicht wovon«, – sagte eines nach dem anderen.

»Und war Verenicyn mit Ihnen?«

»Aber ja doch! die Fahrt war doch seine Idee.«

»Und wo ist er jetzt?«

»Man hat ihn nach Hause getragen.«

»Wie, getragen ...«

»Er ist sehr viel gelaufen; die Beine haben ihm den Dienst versagt.«

»Da haben wirs! Wirklich wundervoll, Ihre Ausflüge. – Aber sehen Sie jetzt«, begann ich mit meiner Predigt, »begreifen Sie endlich, wohin Sie diese
unglückselige Leidenschaft noch führen wird? Es
ist doch eine Krankheit; merken Sie das etwa nicht?
Schauen Sie: Marja Aleksandrovna atmet kaum mehr;
Zinaida Michajlovna verliert ihre wunderschöne Gesichtsfarbe und magert ab, zum Schaden ihrer Gesundheit und Schönheit; die Kinder sind fast dem
Tode nahe; und Sie selbst, Aleksej Petrovič, haben
Ihre eigene Lebenszeit um mindestens zehn Jahre
verkürzt. Halten Sie inne! nein, wirklich, um Gottes
willen, halten Sie inne!«

Er schaute mich nachdenklich an, und mir sah es so
aus, als bereute er. Ich freute mich. Es wirkt! dachte
ich: was sagt man dazu! mit nur fünf Worten!

»Halt«, rief er plötzlich, »hören Sie, was ich Ihnen
jetzt sage: sobald sich meine Frau und die Kinder von
dem Ausflug erholt haben, veranstalten wir ein Picknick, und fahren nach Toksovo!«

»Bravo! bravissimo!« scholl es mir von allen Seiten
entgegen.

Ich winkte ab, seufzte und schickte mich an zu gehen, nicht ohne einen zu Tränen gerührten Blick auf
Fekla Alekseevna zu werfen.

»Und Sie fahren mit uns, Sie fahren unbedingt

mit!« sagte Aleksej Petrovič zu mir: »sonst bekommen wir Streit miteinander.«

»Fahren Sie mit«, sagte Zinaida Michajlovna; »sonst werden Sie vor Faulheit dick, wie Ihr Freund Tjaželenko, und bekommen Ähnlichkeit mit einem Brummkreisel.«

»Das wär nicht weiter schlimm! dann bräuchte ich nicht mehr zu gehn, sondern könnte mich im Rollen fortbewegen; was mir leichter erschiene.«

Am nächsten und den darauf folgenden Tagen erhielt ich morgens je drei Billets, mithilfe derer sie mich an das Picknick erinnerten. Die von der Seuche infizierten Diener kamen abwechselnd zu mir, zwischen ihnen und meinen Leuten kam es sogar zu verdächtigen Annäherungen; was mich ernstlich beunruhigte, und deshalb, um das Übel im Keim zu ersticken, begab ich mich persönlich zu den Zurovs, um zu besprechen, wie und wann wir fahren würden. Wir verabredeten uns für eine Woche später, und auf meine Frage, was ich mitbringen sollte, erhielt ich zur Antwort: »Was Sie möchten.«

Hier kam mir abermals der Gedanke, ich müßte versuchen, sie zu retten. Der Ort lag weit ab: leicht konnte ein Unglück geschehen; der einzig Gesunde war ich: wer würde die Verantwortung tragen? Aber wie der Gefahr zuvorkommen? Sollte ich zum Oberpolizeimeister laufen, ihn in alles einweihen und um Wachtposten bitten, diese im Hinterhalt verstecken, als Beobachter, um sie dann, im Fall der Katastrophe, auf ein Signal herbeizurufen. Aber sich dem Oberpolizeimeister anvertrauen bedeutet, das Übel öffentlich machen; und das hätte ich nicht gewollt. Besser, ich berate mich mit Tjaželenko.

»Aber was für ein Unglück befürchtest du denn?« fragte er.

»Zum Beispiel eine Feuersbrunst. Du weißt doch, im Freien draußen sind sie wie von Sinnen: sie setzen den Samovar an, rauchen Zigarren und werfen sie dann fort. Ich fürchte, daß jemand ertrinkt, sich zu Tode stürzt. Was kann nicht alles passieren?«

»Ach! mach dir keine Sorgen; nichts dergleichen wird geschehen. Sie werden schon auf sich aufpassen. Nur du gib acht, daß sie nicht allzu lange laufen, sich nicht erkälten, und vor allem – nicht allzu lange ohne Nahrung bleiben: das ist das Wichtigste!«

»Wie kann ich, als einzelner, sie alle im Auge behalten! Weißt du was, liebster Nikon Ustinovič: du hattest nie etwas gegen ein gutes Werk: streife für einen Tag die Faulheit ab und laß uns gemeinsam fahren.«

Er warf mir einen grimmigen Blick zu und sagte kein Wort. Doch das irritierte mich nicht: ich unternahm einen weiteren Überredungsversuch, und stellen Sie sich vor, gegen Abend war es mir gelungen, sein Einverständnis einzuhandeln, nachdem ich zuvor versprochen hatte, meinerseits für Proviant und eine Kutsche zu sorgen.

Am festgesetzten Tag, um sieben Uhr morgens, holten wir, schon jenseits der Schilderhäuschen, einen Char à banc ein, in dem, außer dem Ehepaar Zurov, der alte Professor und Zinaida Michajlovna Platz gefunden hatten, dahinter, in einer Kutsche, fuhren die Kinder. Tjaželenko hatte seine Lieblingsdelikatesse, nämlich Schinken mitgenommen, ich dagegen Bonbons und Malaga.

Unterwegs hielten wir mindestens achtmal an: mal wünschte Marja Aleksandrovna an einem Blümchen zu riechen, das auf einer Hausumfriedung blühte; mal meinte Aleksej Petrovičs, daß in einer großen Pfütze, die sich nach dem Regen gebildet hatte, unbedingt Fische sein müßten, und warf die Angel aus; die Kinder mußten, während dieser Aufenthalte, unablässig etwas essen. Aber nachdem alles auf Erden einmal ein Ende hat, gelangten auch wir schließlich zu einem Dorf, wo wir die Kutschen stehen ließen und bei ihnen einen der Diener, den anderen nahmen wir mit. Aleksej Petrovič war sofort irgendwo verschwunden, mit ihm die beiden ältesten Kinder; die

Großmutter setzten wir, aufgrund ihrer Blindheit, unweit des Dorfes, bei dem wir angehalten hatten, ins Gras; Tjaželenko, kaum daß er zweihundert Schritt gegangen war, fiel entkräftet neben der Großmutter zu Boden. Wir überließen beide ihrem Schicksal und gingen los, und wie es im Märchen heißt: wir gingen und gingen und gingen, – und unseres Gehens war kein Ende: ich sage nur so viel: wir haben fünf Täler durchwandert, sieben Seen umrundet, drei Anhöhen erstiegen, uns unter einundsiebzig Bäume eines tiefen und schlafenden Waldes gesetzt und sind an allen wunderbaren Aussichtspunkten stehengeblieben.

»Was für ein düsterer Abgrund!« sagte Marja Aleksandrovna mit einem Blick in eine Schlucht.

»Ach!« fügte mit einem tiefen Seufzer Zinaida Michajlovna hinzu, »er hat gewiß mehr als nur ein Lebewesen verschlungen. Schauen Sie nur: dort unten, im Dunst, schimmern weiß die Gebeine.«

Und richtig, auf dem Grunde umherverstreut lagen die Gerippe verschiedener edler Tiere – Katzen, Hunde –, zwischen denen Verenicyn umherschlich, ein, wie oben bereits erwähnt, passionierter Liebhaber aller Arten von Schluchten. An einer anderen Stelle fand meine unvergeßliche Fekluša Gelegenheit, sich von der Natur in Bann schlagen zu lassen: »Erklimmen wir diesen majestätischen Hügel«, sagte sie und zeigte auf einen Erdwall, etwa anderthalb Aršin hoch; »von dort muß man einen herrlichen Blick haben.«

Wir kletterten hinauf – und unseren Blicken bot sich ein Zaun, der einer Ziegelei als Abgrenzung diente.

»Überall, überall Menschen!« sagten Zinaida Michajlovna verärgert. – Doch hier sollte sich ein kleines Unglück ereignen: Volodja machte einen Sprung und fand sich im Graben wieder; Marja Aleksandrovna, erschrocken, beugte sich vornüber, und es ereilte sie dasselbe Schicksal; Zinaida, aus Angst und um das Übel abzuwenden, steckte ihren Fuß bis zum Knie in das Wasser; was ihr beinahe bei jedem Ausflug widerfuhr. Ich, Verenicyn und der Neffe der Zurovs eilten zu Hilfe und zogen sie in einem erbarmungswürdigen Zustand heraus: Volodja floß das Blut aus der Nase, Marja Aleksandrovna hatte sich über und über mit Schmutz besudelt; Zinaida Michajlovna mußte sich ans Ufer des Baches setzen und die Strümpfe wechseln, wovon sie wie durch ein Wunder ein Paar in Reserve hatte. Das nenne ich Voraussicht! oder ist es Ihnen, meine Herrschaften, in einem vergleichbaren Fall je in den Sinn gekommen, ein Stück zu viel mitzunehmen! Wie dem auch sei! Frauenangelegenheiten!

Das Gehen ermüdete uns über die Maßen; ein ums andere Mal dachte ich an Rast und etwas Eßbares. »Es wäre Zeit, etwas zu essen«, sagte ich, »es ist drei Uhr.«

»Nein, vorher trinken wir erst einmal Tee«, erwiderte die Zurova, »zum Essen gehen wir zurück.« Es juckte mich im Genick und an der Stirn, wenn ich daran dachte, daß wir uns etwa acht Verst von dem Dorf entfernt hatten. Der Diener trug den kleinen Samovar, Tee und Zucker. Ich war auch darüber schon froh. Jetzt war nur noch zu überlegen, wo wir uns gemütlich niederlassen könnten, und plötzlich – o Glück! tauchte, eine halbe Verst weiter, an einem Flüßchen gelegen, eine Mühle auf. Da war nichts mehr zu überlegen: dahin!

»Das Schicksal meint es gut mit uns!« sagte Marja Aleksandrovna. »Mit welchem Genuß werde ich, beim Rauschen des Wassers, Tee trinken! Schon der Gedanke versetzt mich an den Rheinfall bei Schaffhausen, an die Ufer des Niagara: ach, wären wir doch dort und könnten die Luft dort atmen!«

»Die Zeit wird kommen«, sagte Verenicyn leise. Ich sah ihn voller Verwunderung an, doch er verstummte und wandte sich schnell ab. Vor Müdigkeit halb erschlagen, schleppten wir uns schließlich bis zu der Mühle. Ein Finne, weiß von Mehl, ein lebendes

Aushängeschild seiner Kunst, empfing uns an der Tür, die hohe Mütze in der Hand.

»Laß uns hier bitte rasten und Tee trinken: wir bezahlen es dir auch.«

»Na gut«, sagte er träge.

Wir traten ein und verteilten uns auf die Bänke, die über und über mit Mehl bestäubt waren. Vergeblich versuchten wir, ein Gespräch zu führen: die Müdigkeit, wie auch das Rattern der Mühlräder legten ein ärgerliches Schweigen auf unsere Münder. – Der Diener brachte den Samovar herein, und wir baten den Finnen um Gläser. Er ging und kam einen Augenblick später mit einem riesigen Holzbecher zurück. Wir versuchten, ihm zu erklären, was wir bräuchten, der phantasiebegabte Finne schlug sich mit der Hand vor die Stirn und brachte einige schmale, längliche Gläschen, aus denen unsere Bauern auf ihr spezielles anzustoßen pflegten. All das begann mich zu belustigen, die anderen hingegen zu ärgern. Die Damen scheuten sich, diese Phiolen aus grünem Glas mit der Hand zu berühren; aber es war nichts zu machen: die Becher wollten sie nicht nehmen, und die Notwendigkeit, will sagen, der schier unerträgliche Durst zwang, sie nicht nur mit der Hand zu berühren, sondern sogar … schrecklich nur daran zu denken! mit den Lippen. Daran kann man sehen, bis zu welchen

Absurditäten die Notwendigkeit führen kann! Doch hier schien sich das Schicksal erbarmen zu wollen und beschloß, die zarten Damenlippen nicht weiter mit gesetzeswidrigen Berührungen zu beleidigen: Marja Aleksandrovna bat um die Teeblätter; Andrej reichte ihr das chinesische Kästchen; sie öffnete es und – ein Aufschrei der Entrüstung, des Entsetzens und Ärgers! stellen Sie sich vor: mitten in den Teeblättern lag, mit dem Deckel nach unten, eine geöffnete blecherne Tabaksdose; der unglückselige Andrej hatte sie versehentlich in das Kästchen gelegt und den Tee mit seinem Tabak vermischt! – eine Sekunde währte das Schweigen; dann brachen Marja Aleksandrovna und Zinaida Michajlovna, die so gern Tee getrunken hätten, in Schluchzen aus; Fekluša unternahm noch den Versuch, das grüne Kraut vom Tee zu trennen, doch die winzigen Tabakkrümel waren bis in die tiefsten Tiefen des Kästchens, wie auch unserer Herzen, vorgedrungen. Lediglich Andrej war ob der eigenen Ungeschicklichkeit kaum beeindruckt: als wir ihn mit Vorwürfen überschütteten, erwiderte er sehr ungnädig: »Ja, schon! gewiß – es ist ja Ihr Tee! mein Schaden aber auch – ich bin meinen ganzen Tabak los. Aber – mir ist schon Schlimmeres passiert: einmal, da war ich mit einem General unterwegs und hatte ihm aus Versehen eine Talgkerze in die Tasche seiner Pa-

radeuniform gesteckt, die ist in der Wärme geschmol-
zen und ihm über die ganze Uniform gelaufen. Das
war schlimmer, und gescholten hat man mich damals
weniger!«

»Hast du nicht wenigstens irgend etwas zu essen?«
fragte Verenicyn den Finnen. Und der gutwillige
Sohn der Natur brachte ein Bund Zwiebeln sowie, in
dem bereits bekannten Becher, Kvas und stellte, sich
verbeugend, beides auf den Tisch. Die Damen spran-
gen zur Seite.

»Mehr hast du nicht?«

»Doch, Mehl«, sagte er triumphierend.

Mit einer unsäglichen Mattigkeit an allen Gliedern
machten wir uns auf den Rückweg; in Brust und Hals
brannte es wie Feuer; außerdem waren abwechselnd
die Damen zu führen. Wieviele bittere Vorwürfe an-
zubringen hätte ich damals das Recht gehabt! doch
war mir die Großmut nicht fremd, und ich verbarg
die Galle auf dem Grund meiner Seele.

Mit kaum größerer Freude dürften die Kreuzfah-
rer damals die heilige Stadt erblickt haben, als wir unseren Rastplatz; doch wurde unser Hochgefühl durch
ein neues Abenteuer getrübt: als wir uns dem Dorfe
näherten, hörten wir bekannte Stimmen rufen: »Zu
Hilfe! Zu Hilfe!« Wir beschleunigten unsere Schritte
und sahen, wie die Großmutter und Tjaželenko, im

Grase sitzend, verzweifelt drei Jagdhunde abwehrten, welche, in verspielten Sprüngen, der alten Dame schon den Kopfputz und Tjaželenko die Mütze vom Haupt gerissen hatten und dennoch, fröhlich winselnd, weiter um sie herumsprangen. – Zur gleichen Zeit wie wir tauchten aus einer Schneise die Jäger auf und vertrieben die Hunde.

Als wieder Ordnung eingekehrt war, warf mir Nikon Ustinovič einen Blick des stummen Vorwurfs zu; auf seinem Gesicht lagen zwei Empfindungen im Widerstreit: die des gerechten Zorns und die des gereizten Appetits. »Um fünf Uhr Mittagessen!« rief er: »es ist unerhört!«

»Wir hatten so einen schönen Spaziergang, *Monsieur Tiagelenko!*« sagte Zinaida Michaijlovna: »wie schade, daß Sie nicht dabei waren!«

»Ihnen wird natürlich schlecht, wenn Sie mich sehen«, gab er, bitter lächelnd, zur Antwort, »Sie sähen es sicher lieber, wenn ich vom langen Laufen auf der Stelle tot umfiele; Ihnen reicht nicht, daß ich bis jetzt nichts gegessen habe!«

»Wirklich ein Brummkreisel!« flüsterte die Spötterin.

Der Professor hatte es eilig, ins Dorf zu kommen. Endlich, mit allen Symptomen einer entsetzlichen Müdigkeit, erreichten wir die Landungsbrücke. »Essen, essen, nur schnell etwas zu essen!« erscholl es von allen Seiten. Alle Patienten hatten sich in den Kopf gesetzt, das Essen auf der Wiese einzunehmen, doch Tjaželenko vertrat ihnen den Weg.

»Auf die Wiese kommen Sie nur an mir vorbei!« sagte er, was rein physisch schwierig war, deshalb wurde im Innern der Hütte gedeckt. – Marja Aleksandrovna ließ Senf, Essig und andere Gewürze auftragen.

»Wer, meine Herrschaften, hat kalte Speisen dabei?« fragte sie: »laßt sie servieren.« – Schweigen. – »Warum sagt denn niemand etwas?«

»Wahrscheinlich, weil niemand welche mitgebracht hat«, sagte ich.

»Dann beginnen wir mit der Pastete. Andrej, trag sie auf.«

»Aber die Pastete ist aus, gnädige Frau: die haben die Kinder unterwegs aufgegessen.«

Ich ließ kein Auge von Tjaželenko: sein Gesicht war leichenblaß; er warf mir einen grimmigen Blick zu. »Nikon Ustinovič, Sie hatten doch, glaube ich, Schinken dabei? Was gibt es Besseres?« sagte Verenicyn: »lassen Sie ihn servieren.«

»Den haben die Hunde gefressen, die Sie vorhin vertrieben haben«, sagte Tjaželenko in größter Verlegenheit.

»Was, Väterchen?« knurrte da die Großmutter: »ich hab doch lange, eh die Hunde kamen, gehört, wie du geschmatzt und was gekaut hast.«

»Nein ... das war so ... von Ihren Rosinen habe ich gegessen.«

»Ach, nicht der Rede wert. Dann serviert die Bouillon.«

»Bouillon haben wir keine mitgenommen, gnädige Frau.«

»Dann müssen wir wohl *à la fourchette* essen«, sagte der Professor: »welch bitteres Los, meine Herrschaften. Gehen wir also zum Braten über. Wer hat Braten dabei und was für welchen?«

»Ich habe keinen. – Ich auch keinen. – Ich auch keinen«, waren nacheinander die neun Stimmen der neun Teilnehmer des Picknicks zu hören. Die übrigen drei Personen, will sagen Aleksej Petrovič und die Kinder, waren abwesend: niemand wußte, wohin sie verschwunden waren, ich neigte bereits dazu, an die Verpflichtung zu denken, welche ich mir bezüglich der Sicherheit der Patienten auferlegt hatte, doch das ruhelose, bohrende, durchdringende Gefühl des Hungers erstickte jedes anderweitige Empfinden, philanthropische Überlegungen schon gar. Da sie alsbald einsahen, daß das Abfragen keinen Braten auf den Tisch brachte, ließen alle die Köpfe sinken, Nikon

Ustinovič schloß unter dumpfem Stöhnen seinen Bauch in die Arme, so wie gelegentlich zwei Freunde, von einem und demselben Kummer getroffen, in inniger Umarmung gegenseitig Trost finden – und sein Bauch gab, wie aus Mitgefühl, ein erbarmungswürdiges Knurren von sich.

»Wer hat denn was dabei? sprechen Sie, Herrschaften!« rief mit bebender Stimme Marja Aleksandrovna. »Fangen Sie an, Professor.«

»Ich habe Wiener Torte und Malaga«, gab er zur Antwort.

ZWEITE STIMME: »Ich habe Bonbons und Malaga.«

DRITTE: »Ich habe zwei Honigmelonen, zwei Dutzend Pfirsiche und Malaga.«

VIERTE: »Ich habe *crème au chocolat* und – Malaga.«

FÜNFTE: »Ich habe Syrup zum Tee, Mandelkuchen und – Malaga.«

DIE GROSSMUTTER: »Ich habe Rosinen.«

Acht Stimmen nannten diese und ähnliche Köstlichkeiten, immer in Begleitung von Malaga.

»Da haben wirs!« – sagte der Professor bekümmert: »nicht ein Fläschchen *Sauternes*, und kein Tropfen Madeira! War das eine Verabredung, daß alle nur Malaga mitgebracht haben?«

»Nein, das ist der pure Zufall.«

»Was heißt der pure Zufall! Der ungewöhnlichste und ärgerlichste!«

Schließlich sagte die neunte Stimme schüchtern: »Ich habe Parmesan und Lafitte.«

Sofort wandten sich alle Blicke zu der Seite, von der die Stimme gekommen war: es war die melodische, engelsgleiche Stimme meiner geliebten, unvergleichlichen Fekluša. Oh! wie erhaben schön war sie in diesem Augenblick! Ich triumphierte, da ich sah, wie die gierige, schamlos gierige Meute bereit war, die Göttin meiner Seele auf ein Piedestal zu heben und die Knie vor ihr zu beugen. Mein Blut brauste wie eine Meereswoge, die der Sturm bis in den Himmel auftürmt; mein Herz pochte wie ein gelenkiges Perpendikel: stolzen Blickes maß ich die Gesellschaft und vergaß für fünf Minuten meinen Hunger, was unter den damals obwaltenden Umständen äußerst wichtig war. Was immer Sie auch sagen mögen, aber der Augenblick des Triumphes des geliebten Gegenstandes ist – ein göttlicher Augenblick! Der Professor küßte ihr gefühlvoll die Hand; Marja Aleksandrovna umarmte die triumphierende Nichte mit ungeheuchelter Zärtlichkeit; alle anderen, sich die Lippen leckend, überschütteten sie mit den schmeichelhaftesten Komplimenten; Tjaželenko hingegen sprach voller Pathos die folgenden denkwürdigen Worte: »Zum ersten Mal erkenne ich die Würde der Frau und sehe, bis zu welchen Höhen sie sich aufzuschwingen vermag!«

Doch bald darauf schlug die Freude beinahe in Weinen und Wehklagen um: es waren nur zweieinhalb Pfund Käse, und neun gierig aufgerissene Münder schnappten betrübt wieder zu, aus einigen war Zähneknirschen zu hören. Nikon Ustinovič stieß das ihm dargebotene Stück verächtlich beiseite und fiel in lethargische Fühllosigkeit. Und in der Tat, wie sollte man dem auch begegnen, da man die Hoffnung, die man fast schon zwischen den Zähnen spürte, wieder aufgeben mußte! Alle wahrten trauriges Schweigen, aßen verdrossen die Süßigkeiten und tranken Malaga dazu. Gegen Ende dieser ungewöhnlichen Mahlzeit kam erschöpft, ohne Mütze und ohne Handschuhe, wie es seine Art war, Aleksej Petrovič mit den zwei Kindern und drei Barschen.

»Etwas zu essen! zu essen! um Christi und aller Heiligen willen, etwas zu essen!« Aber für ihn war nur noch Malaga übrig – spöttisches Lächeln des Zufalls für den betrogenen, bis an äußerste Grenzen gebrachten Appetit, jenseits derer die Qualen einer gigantischen Strafe beginnen – des Hungers.

Beschlossen wurde das Essen mit einem Krüglein Milch. Doch der Malaga hatte seine bekannte

Wirkung getan: alle waren heiteren Sinnes, Zinaida Michajlovna verfiel sogar in ungewohnte Begeisterung; sie erhob sich, schnippte mit ihren zarten Fingerchen, stampfte mit den Füßchen auf und trällerte fröhlich Variationen auf das Thema: »Und ich, ein junges Mädchen, war auf einem Fest.«

»Du liebe Güte! du kannst ja kaum mehr auf den Füßen stehen, mein Liebes!« sagte ihr Onkel zu ihr. »Dazu sehe ich auch keine besondere Veranlassung!« antwortete sie mit einem Liebreiz, mit einem so bezaubernden Lächeln, mit einem so beflügelten Blick, um derentwillen ich damals bereit gewesen wäre … ihr das Händchen zu küssen, indes – ich hab es nicht gewagt!

Die Zurovs hatten für die Zeit nach dem Essen einen Spaziergang geplant; doch da schritt ich, in der Annahme, der Augenblick zu handeln sei gekommen, unter Aufbietung all meiner Redekünste zum heiligen Werk.

»Keinen Schritt weiter!« sagte ich: »hören Sie mich an.« Hier entrollte ich kunstvoll – dies darf ich sagen, ohne mich brüsten zu wollen – das Bild jener unglückseligen Passion, mit all ihren schrecklichen Folgen. Sie hörten mir aufmerksam zu und wechselten nur manchmal Blicke untereinander. Voll edlen Feuers fuhr ich fort, sie kraft des Wortes zu überzeugen, wie weiland Peter von Amiens, nur mit dem Unterschied, daß jener zuredete, während ich abriet; schließlich erreichte ich die Climax der Katastrophe. »Ihr befindet euch in den Fängen eines furchtbaren, bisher unbekannten Leidens, das weder Beispiel hat noch Namen, weder in den Zeiten der Vergangenheit noch in der Gegenwart, weder in fernen Ländern noch hier vor unsern Augen.« Hier wechselten in meiner Rede, aufs schönste gemischt, Gegenargumente, Zeugenaussagen und Beispiele. »Ihr seid verloren, seid verblendet, man lockt euch in den Abgrund, und der Schuldige an Eurem sicheren Verderben ist unter Euch, er lebt und teilt sogar mit Euch die Tafel!! – Hier ist er!« sagte ich, auf Verenicyn zeigend.

Welch eine Wendung, verehrte Leser! Finden Sie so eine Stelle in einer Rede Ciceros gegen Catilina!

»Hier ist er!« wiederholte ich mit noch größerem Nachdruck. Ich schaue hin, und … was sehe ich? alle schlafen einen totenähnlichen Schlaf. Ich wäre beinahe in Ohnmacht gefallen.

»Zurück in die Stadt!« rief ich mit Donnerstimme, woraufhin alle gleichzeitig aufsprangen.

»Hinaus aus der Stadt!« zeterte, noch im Halbschlaf, Aleksej Petrovič.

Mit gebieterischer Geste setzte ich alle in Bewegung. Im Nu hatten die Kutscher angespannt.

»War das ein schöner Ausflug!« sagten beide, Zurov und Verenicyn, plötzlich, während sie den Wagen bestiegen.

»Was für Stellen, was für Plätze!« fügten Marja Aleksandrovna und Zinaida Michajlovna hinzu: »und wie haben wir uns amüsiert! ein andermal kommen wir wieder hierher.«

Um zehn Uhr verließen wir den Ort, und gegen drei hatten wir kaum die Stadtgrenze Petersburgs erreicht. Diesmal blieb allen Versuchen der Zurovs, unterwegs anzuhalten, »um durch den nächtlichen Tau zu schreiten«, wonach es Marja Aleksandrovna und Zinaida Michaijlovna sehnlichst verlangte, der Erfolg versagt: Tjaželenko und ich leisteten entschieden Widerstand und handelten gemäß vorheriger Absprache.

An der Auferstehungs-Brücke angekommen, machte die erste Kutsche halt. Ich, der ich mir dachte, Grund für dieses Anhalten sei irgendein Ausflugswunsch der Zurovs, wollte ihnen schon in Erinnerung rufen, daß wir uns in der Stadt befänden, als ich plötzlich die Brücke sah oder, richtiger gesagt, nicht sah. »Wo ist sie denn?« fragte ich den Wächter in seinem Schilderhäuschen.

»Sehen Sie denn nicht, mein Herr, sie ist hochgezogen!« antwortete er.

»Und wann wird sie wieder heruntergelassen?«

»Na, so gegen sechs.«

»Meinen Glückwunsch, *mesdames;* wir können jetzt nicht nach Hause fahren: die Brücke ist hochgezogen!«

Plötzlich hatten alle meine Patienten den Schlaf abgeschüttelt. »Dann können wir ja wieder hinausfahren!« schrieen sie. – »Was wollen wir jetzt schon zu Hause. He, Paramon! wende den Wagen!«

Glücklicherweise hatte die Ansteckung nicht auf den Kutscher übergegriffen, vielmehr hatten Hunger und Schlaf ihn übermannt. Er sah mich mit kläglicher Miene an.

»Bleib stehen, wo du bist!« sagte ich. – Er freute sich und sprang behende vom Kutschbock. Da setzte plötzlich ein feiner Regen ein; wir mußten ein Dach suchen. Marja Aleksandrovna waren vor Kälte die Tränen in die Augen getreten; Zinaida Michajlovna und meine liebe Fekla atmeten kaum mehr und baten kläglich um etwas zu essen und zu trinken, doch zu essen gab es nichts. Der Professor und Aleksej Petrovič saßen schlummernd im Wagen und verbeugten sich unaufhörlich voreinander bis zum Gürtel; Tjaželenko entrang sich von Zeit zu Zeit ein dumpfes Stöhnen. Indessen hatte Marja Aleksandrovna, die aus Langeweile die uns umstehenden Häuser betrachtete, ihr Lorgnon plötzlich auf ein Aushängeschild gerichtet, und Freude blitzte auf in ihren Augen. »Ach, welch eine angenehme Überraschung!« sagte sie: »hier ist eine Konditorei. Seht doch nur! Dort können wir uns ein wenig stärken und ausruhen.«

»Ja, hier gibt es Kuchen und Malaga in Hülle und Fülle«, antwortete ich mit einem Blick auf das Schild, das der Zurova solche Freude bereitete, und las: »Hier gibt es Speisen und Tee.«

»Das ist keine Konditorei«, sagte mit einem freudigen Beben Zinaida Michajlovna, »hier gibt es Speisen und Tee.«

»Vielleicht auch Schokolade!« fügte Marja Aleksandrovna hinzu.

»Vortrefflich!« riefen alle. Die Männer freuten sich, weil sie etwas Eßbares erhofften; die Damen wußten nicht, daß sich unter dem verlockenden Aushängeschild eine Kneipschenke verbarg – eine Einrichtung, von der sie nicht die leiseste Vorstellung besaßen.

Der Regen fiel inzwischen in Strömen, weshalb wir uns beeilten, das segenspendende Dach zu erreichen. Es war noch sehr früh; alle in der Schenke schliefen; und deshalb kostete es uns große Mühe, die Wirtsleute zu wecken. Endlich öffnete ein beleibter, kahlköpfiger Mann in rotem Hemd die Tür, in der er starr vor Staunen stehenblieb, angesichts der Gäste solch außergewöhnlichen Kalibers. Lange konnte er sich nicht entschließen, ob er sie einlassen sollte; doch da er von uns den Grund des unverhofften Besuches erfahren hatte, öffnete er unter Gepolter und tiefen Verbeugungen beide Türflügel.

Ich werde das Innere eines solchen Etablissements nicht beschreiben, weil ein flüchtiger Blick dazu nicht ausreicht, und ich vor diesem Tage noch nie bis dorthin vorgedrungen war, was zuzugeben ich mich, da nun schon Damen (und was für Damen: Marja Aleksandrovna, Zinaida Michajlovna!) derartige Etablissements zu betreten begannen, ganz und gar nicht zu schämen bräuchte. Aber – ich lüge leider nicht. Im übrigen hat jeder, der durch die Straßen Petersburgs gestreift ist, mehr oder weniger eine Vorstellung dieser Kneipschenken, weil sie zumeist in Erdgeschossen, ja sogar in Kellern untergebracht sind und dem neugierigen Blick keine Schranke bieten. Wem wären im Vorübergehen nicht die Fenstergardinchen aus rosa oder blauem Baumwollstoff ins Auge gefallen? Wenn Sie von der Straße direkt auf die Tür geblickt, so haben Sie mit Sicherheit im Hintergrund des Raumes den riesengroßen Tisch gesehen, vollgestellt mit kantigen Flaschen, Karaffen, mit Zakuska, und hinter dem Tisch einen bärtigen Ganymed; wenn Sie am Sonntag durch das Fenster geblickt, so haben Sie gewiß die zechenden Freunde bemerkt, deren Gesichter loderten wie von Laternengas erhellt; und lautes Lachen, Lieder, Orgelklänge haben Ihnen in Erinnerung gerufen, daß sie sich unweit einer Kirche ergötzen. Wer aber sind die gewöhnlichen Gäste? werden Sie fragen. Phantasieloser Leser! ist es Ihnen nie geschehen, nach dem Verlassen des Theaters oder des Ortes, an dem Sie bis zum nächsten Abend Ihr Herz gelassen, ist es Ihnen – frage ich – nie geschehen, daß Sie zum Börsenplatz kamen und dort nur Pferde vor leeren Schlitten antrafen? Und wenn Sie riefen: »Kutscher!« – dann, erinnern Sie sich, tauchten plötzlich, niemand weiß woher, gleich drei oder vier auf. Also, wenn dies geschah und sie vor Ihnen auftauchten, so kamen sie unweigerlich aus der Kneipschenke. Oder – warum geht der Besitzer des Kramladens, gegenüber Ihrer Wohnung, so oft weg und legt die Geschäfte in die Hände eines kleinen Jungen? Weil in der Nachbarschaft eine Kneipschenke ist. Und der Offizier außer Diensten, mit seinem Bittgesuch, das nie jemand lesen wird, – und dem Sie ein Almosen gegeben haben, wohin geht er? Ebendahin. – In Ermangelung eigner Beobachtungen und Erfahrungen auf diesem Gebiet habe ich nicht genügend viele Fakten sammeln und sie ausführlicher darlegen können; aber es braucht niemand zu verzweifeln: Gerüchten zufolge bereiten zwei fruchtbare Schriftsteller, einer aus Moskau, der andere aus Sankt Petersburg, Orlov und Bulgarin, welche alle erforderlichen Kenntnisse über diesen Gegenstand besitzen, den sie auch in der Praxis untersucht haben, schon seit langem ein großes Werk hierüber vor.

Leider war, in der frühen Stunde, zu der wir in die Kneipschenke geraten waren, kein Publikum, deshalb konnten wir uns auch weder mit den Sitten dieser Einrichtung bekanntmachen noch mit der Denkungsweise und den Vorlieben ihrer Gäste. Besonders bekümmert mich dies für die Damen: der Horizont ihrer Beobachtungen ist ohnehin so eng; und hier wurden sie vielleicht der einzigen Möglichkeit beraubt, sich auf lange Zeit mit frischen und vielfältigen Eindrücken zu versehen.

»Bitteschön! bitteschön! hier entlang, in den Salohn!« sagte der Wirt und geleitete uns in einen schmutzigen, niedrigen Raum, der voller Porträts hing, deren merkwürdige Qualität darin bestand – ein und dasselbe Gesicht unter dem Anschein verschiedener Personen darzustellen.

»Mein Gott! wohin sind wir geraten?« riefen die Damen und drängten zurück, doch den Ausgang versperrte die Phalanx der hungrigen Männer, mit Tjaželenko an der Spitze, weshalb die Damen, *nolens-volens*, eintraten.

»Was möchten Sie? was darf ich bringen?« fuhr der dienstfertige Schankwirt fort. »Wir haben alles. Denken Sie ja nicht, daß unser Haus was für Bauern wäre. Droschkenkutscher kommen ganz selten; wir haben nur gute Gäste; zum Beispiel einen Kammerdiener aus dem Hause eines Generals, ein Kaverlier, mit Uhr! und heute hat der Herrgott Sie geschickt. Herzlich willkommen erstmal! wenn Gäste kommen, wie Sie welche sind, dann freuen wir uns!«

Aleksej Petrovič unterbrach ihn: »Wir möchten essen und trinken.«

»Geht in Ordnung.«

»Wäre es nicht möglich, eine heiße Schokolade zu kochen?« fragte Marja Aleksandrovna.

»Nein, Schokolade haben wir keine.«

»Dann, Kaffee?«

»Kaffee haben wir nur den allerbesten; nur Sahne kriegen wir jetzt nirgends her: Sie sind ein bißchen früh aufgestanden; die Milchfrau aus Ochta war noch nicht da.«

»Was gibt es denn bei Ihnen?«

»Den wunderbarsten Vodka, alle Sorten. Teigtäschchen könnten wir aufbacken, sehr gute, mit Soße oder mit Marmelade. Frische Leber, Sülze, Hammelbraten – alles gibt es!«

So sehr er sich mit seinem Überfluß brüstete, niemand von uns wollte von dem Angebot Gebrauch machen! nur Tjaželenko bearbeitete liebevoll das Endstück eines harten Schinkens, die übrigen tranken Tee.

Nachdem wir anderthalb Stunden hier zugebracht hatten, enteilten wir dem Ort der Unbequemlichkeiten, der Ungewißheiten und sonstiger Abenteuer, überquerten wohlbehalten die Brücke, die unterdes herabgelassen worden war. Ich atmete freier. Jetzt würden sie so bald nicht wieder hinausfahren, dachte ich: dieser Ausflug und meine Rede hatten ihre Wirkung sicher nicht verfehlt. An der Stelle, wo wir, Tjaželenko und ich, uns von den Zurovs trennen mußten, um nach Hause zu gelangen, ließ Aleksej Petrovič den Kutscher anhalten und kletterte vom Wagen.

»Meine Frau und ich haben eine ergebene Bitte an Sie«, sagte er.

»Zu Ihren Diensten. Und die wäre?«

»Sehen Sie bitte: auch wenn wir einen wunderschönen Ausflug hatten, auch wenn es lustig und die Stelle wirklich schön war, aber um Ihnen nur einen irgendwie gearteten Begriff davon zu geben, was eine echte Ausflugsfahrt bedeutet, bitten meine Frau und ich Sie inständig, am Freitag mit uns nach Ropša zu fahren – eine einzigartige Gegend! und am Samstag, am Sonntag und Montag nach Peterhof, Oranienbaum und Kronstadt. Das alles haben wir uns einfallen lassen, um den Ausflügen Vielfalt zu verleihen. Heute sind Sie mit uns nur über Land gefahren: Sie sollten unbedingt auch das Meer kennenlernen.«

»Mein Gott! sie sind unheilbar!« rief ich voll Trauer. »Es tut mir leid, Aleksej Petrovič, ich kann Ihren Wunsch nicht erfüllen: am Mittwoch reise ich aufs Land und komme morgen, um mich von Ihnen zu verabschieden!«

Ich hatte nicht gelogen: die Umstände zwangen mich, Petersburg für lange Zeit zu verlassen, und darum nahm ich am darauffolgenden Tage tatsächlich Abschied von den Zurovs. Doch der Gedanke, daß sie ohne Aufsicht bleiben und zugrundegehen könnten, ließ mich zu einer entschiedenen Maßnahme greifen: wenige Stunden vor meiner Abreise offenbarte ich mich einem klugen, erfahrenen und mitfühlenden Arzt, bat ihn, sich mit ihnen bekanntzumachen und die »Schwere Not« zu vernichten, wenn er ein Mittel finden sollte, oder zumindest ihre Auswirkungen einzudämmen und mich indes von Zeit zu Zeit über seine Erfolge zu benachrichtigen. Da ich meine Patienten auf diese Art seiner Obhut anempfohlen wußte, verließ ich erleichtert die Stadt und erreichte wohlbehalten mein Dorf.

Zwei Jahre gingen ins Land, ohne daß ich von dem Arzt auch nur eine Zeile erhalten hätte. Doch gegen Ende dieser Frist brachte man mir eines Abends, zusammen mit einem Bündel Zeitungen und Zeitschriften, auch einen schwarz versiegelten Brief. Ich brach ihn hastig auf und … Wieder steigen mir die Tränen in die Augen, und mein Kopf fällt, ungeachtet aller Bemühung, ihn hoch zu halten, zur Seite. Ich werde nicht beschreiben, was geschehen war, weil ich keinen Gedanken fassen, keine Worte finden kann; am besten zitiere ich aus dem fatalen Brief nur die Zeilen, welche die traurige Kunde von den Zurovs und von Tjaželenko enthalten … »Dies geschah«, schrieb der Doktor, »vom fünfzehnten auf den sechzehnten März, in der Nacht. Voloboenko kam voller Angst zu mir gelaufen mit der Nachricht, seinem Herrn sei ›schlechtgeworden‹, er habe die Augen verdreht und sei am ganzen Körper blau angelaufen. Ich eilte zu ihm und fand Nikon Ustinovič tatsächlich in einem verzweifelten Zustand; er konnte kein Wort zu mir sagen und stöhnte nur dumpf; nach vier Aderlassen gelang es mir, ihn zu Bewußtsein zu bringen, aber« …

Etwas weiter unten: »Ein zweiter Schlaganfall, der kurz auf den ersten erfolgte, raffte ihn dahin.« – Auf der Rückseite – die Zurovs: »Da ich annahm, ihr Brief an mich sei der bare Scherz gewesen, begab ich mich, nachdem ich die Stadt für vierzehn Tage verlassen hatte, zu ihnen, fand aber zu meinem größten Erstaunen alle Türen versperrt. Auf dem Hof empfing mich der alte Diener, Andrej, und auf die Frage, wo die Herrschaft sei, gab er zur Antwort, sie sei nach ›Finnland‹ gefahren, was darin seine Bestätigung fand, daß sie es mir selbst schriftlich mitgeteilt hatten. Im Wunsch, Genaueres zu erfahren, wandte ich mich an einen Familienangehörigen, den Ihnen bekannten Herrn Mebonsjandrinov. Er erklärte mir dasselbe und fügte hinzu, den Plan, nach Finnland zu reisen, um sich danach in die Schweiz abzusetzen, hätten sie bereits seit langem gehegt, aber geschickt vor allen geheimzuhalten gewußt, sogar vor mir – ihr eigentliches Ziel sei Amerika gewesen, wo, ihren Worten zufolge, die Natur interessanter sei, die Luft an Düften reicher, die Berge höher, wo es weniger staubig sei u. dgl. m.«

Bald danach reiste ich selbst nach Petersburg und erfuhr von nämlichem Verwandten, daß sie tatsächlich nach Amerika aufgebrochen waren, mit aller beweglichen Habe, und sich dort niedergelassen hatten.

Lange Zeit später machte ich die Bekanntschaft eines englischen Reisenden, der die Familie gekannt hatte, auch deren Leidenschaft für Ausflüge, die in der Folge ein so betrübliches Ende nehmen sollte. »Eines Tages«, schloß der Engländer seinen Bericht, »stiegen sie, mit einem großen Vorrat an Kleidung, Wäsche und Nahrungsmitteln versehen, in die Berge hinauf und kehrten von dort nie wieder zurück.«

I

Die Gestalt des Oblomov, der Ivan Gončarov Welt-ruhm verdankt, hat ihren Autor lebenslang begleitet. Mit ihm, dem Faulen, der, aus philosophischer Über-zeugung, das Bett nur zu den Mahlzeiten verläßt und der für nichts und niemanden Interesse äußert, hat Gončarov sich gern identifiziert; zeit seines Lebens sah er Oblomov als Teil seines Wesens an.

So entwirft Gončarov noch 1880, in der Erzählung *Ein literarischer Abend*, ein Selbstporträt in der Fi-gur des Schriftstellers Skudelnikov, der sich, »kaum hatte er Platz genommen, in seinem Sessel nicht mehr rührte, als sei er festgewachsen oder eingeschlafen. Von Zeit zu Zeit hob er apathisch den Blick, sah den Vortragenden an und schlug die Augen nieder. Of-fensichtlich war er allem anderen gegenüber gleich-gültig – dem Vortrag, der Literatur, wie auch allem anderen um ihn her.« Schon 1858, in der *Fregatte Pallas*, ruft Gončarov aus: »Offensichtlich ist meine Bestimmung, ein Faulpelz zu sein und mit meiner Faulheit alle diejenigen anzustecken, die mit mir in

Berührung kommen.« Und im *Oblomov* selbst, im Epilog des Romans, schildert Gončarov sich als einen »dicken Schriftsteller mit apathischem Gesicht und nachdenklichen, gleichsam verschlafenen Augen«, der bei der Frage, wie man wohl zum Bettler werde, ein Gähnen nicht unterdrücken kann.

Die Gestalt Oblomovs und der Schlaf als die große, alles umfassende Metapher für russisches Leben hatten Gončarov jedoch schon lange vor Erscheinen des Romans *Oblomov* fasziniert: bereits 1849, ein Jahr nach seinem literarischen Debüt – dem Roman *Eine gewöhnliche Geschichte* – erschien im »Illustrierten Almanach« der Zeitschrift *Sovremennik* [Der Zeitgenosse] als gesonderte Erzählung *Oblomovs Traum*, die, in einer Art Rückblende, die Kindheit Oblomovs vergegenwärtigt. Der junge O. sieht Oblomovka, das elterliche Gut, in tiefste Bewußtlosigkeit versunken: »Es war ein alles verschlingender, durch nichts zu überwindender Schlaf, ein wahres Abbild des Todes. Alle lagen wie gestorben da, nur aus den Ecken drang vielstimmiges Schnarchen in allen Tonarten und Stimmlagen.«

Selbst der Gedanke, daß es sich bei diesem Schlaf um eine seuchenartige, ansteckende Krankheit handele, ist in *Oblomovs Traum* bereits formuliert: vor den Augen des Knaben wird die Kinderfrau »von der

in Oblomovka grassierenden Schweren Not angesteckt« und erliegt ihr, »als sie die Symptome der na-
henden Ansteckung verspürte«, ebenso hoffnungslos
wie später Oblomov selbst.

Doch Oblomovs literarische Ahnenreihe ist, wie
wir nach der Lektüre der Novelle *Die Schwere Not*
wissen, um eine Generation länger und um eine sa-
tirische Facette reicher: ein Oblomov begegnet uns
in dieser ersten von Gončarov überhaupt überliefer-
ten Erzählung, die in den Literaturgeschichten kaum
erwähnt wird, 1838, also einundzwanzig Jahre vor
Erscheinen des Romans, in der Gestalt des Nikon
Ustinovič Tjaželenko.

Er, der »früher einmal, vor vielen Jahren ... die
Dummheit besessen hatte, den größten Teil des Tages
und sogar der Nacht auf den Beinen zu verbringen –
ja, ja, die Jugend!« und der nunmehr »den größten
Teil seines Lebens im Bett liegend« verbringt, ist das
Urbild des Oblomov. Mit ihm gemeinsam hat er nicht
nur bereits alle wesentlichen Kennzeichen und Attribute, sondern vor allem die Lebensphilosophie: »eine
beispiellose, methodische Faulheit und eine heroische
Gleichmut für die Eitelkeiten dieser Welt«. Kaum etwas vermag ihn aus der Ruhe zu bringen, und nichts
ist ihm verhaßter, als etwas tun zu sollen – und sei es
nur, sich Bewegung zu verschaffen: der Schlaganfall,

den Ärzte und Freunde ihm prophezeien, sollte er ihn treffen, wäre ihm nur »Anlaß und legitimer Grund, endlich zu Hause bleiben zu dürfen« und »treffliche Verteidigung gegen alle möglichen Ansinnen«; außerdem »würde er dann nicht mehr auf die Gesundheit achten müssen«.

Die ansteckende Krankheit, von der die Einwohner Petersburgs reihum dahingerafft werden, die böse Seuche, die Tjaželenko und mit ihm der Erzähler die »Schwere Not« nennt, ist in dieser Erzählung – noch – nicht die Schlafsucht, sondern ihr Gegenteil: die rastlose Umtriebigkeit der aus dem Winterschlaf erwachten Petersburger und ihre hektische, Oblomov Tjaželenko zutiefst verhaßte Sucht, beim ersten Frühlingshauch aus ihrem Biedermeier-Leben auszubrechen und sich der sinnlosesten, ja lebensgefährlichen Form der Bewegung hinzugeben: Spaziergängen, Ausflugsfahrten, Landpartien, Picknicks.

2

Geschrieben hat Ivan Gončarov diese Erzählung als Sechsundzwanzigjähriger, erstmals »veröffentlicht« wurde sie 1838 in der Hauszeitschrift eines in den

30er und 40er Jahren berühmten Petersburger Salons, dem des Hof- und Historienmalers Nikolaj Aleksandrovič Majkov, der von 1796 bis 1873 lebte und 1835, für die Gestaltung der Ikonostase der Isaaks-Kathedrale in Petersburg, zum Mitglied der Kaiserlichen Akademie der Künste ernannt worden war.

Im Salon der Familie Majkov verkehrte, unter anderen, auch Vladimir Andreevič Solonicyn, 1804–1844, stellvertretender Kanzleidirektor im Departement für Außenhandel des Finanzministeriums, ein enger Freund der Familie und Gončarovs Vorgesetzter im Dienst. Solonicyn führte den jungen, 1825 aus Simbirsk nach Petersburg gekommenen Gončarov im Salon Majkov ein, und Solonicyn, der als Mensch mit literarischen Neigungen und großen organisatorischen Fähigkeiten geschildert wird, war es auch, der 1835 die von Hand geschriebene, in einem einzigen Exemplar erscheinende Hauszeitschrift *Podsnežnik* [Das Schneeglöckchen] ins Leben rief und bis 1838 betreute. In der letzten Ausgabe des *Schneeglöckchens*, im Dezemberheft 1838, erschien die erste Erzählung Gončarovs, den mit der Familie Majkov inzwischen eine enge Freundschaft verband: Gončarov, der in seiner freien Zeit Schiller, Prosa von Goethe, Winckelmann und englische Romane ins Russische übersetzt hatte, avancierte zum Hauslehrer der beiden ältesten Söhne Majkovs, des späteren Dichters Apollon Majkov, 1821–1897, sowie des jung verstorbenen Kritikers Valerian, 1823–1847. Unterrichtsgegenstände, die teilweise auch in die Erzählung von der Schweren Not Eingang gefunden haben: Latein, Literatur und Rhetorik. Und gewiß sind mehr als nur Details in Gončarovs satirischer Novelle erwähnt worden: Majkov und seine Söhne waren leidenschaftliche Angler, Solonicyn ein ebenso leidenschaftlicher Jäger, und mit beiden Leidenschaften dürfte Gončarov, der sich schon als junger Beamter lieber mit Oblomov identifizierte, seine liebe Last gehabt haben.

Die *Schwere Not*, eine Erzählung, die, wie die Novelle *Ivan Savič Podžabrin* aus dem Jahre 1842, noch ganz den Geist Gogols atmet und – wenn nicht mehr – als Beleg dienen kann für den geflügelten Satz, demzufolge alle russischen Erzähler des XIX. Jahrhunderts »aus Gogols *Mantel* stammen«, ist zu Lebzeiten Gončarovs nie wieder veröffentlicht worden. Einer größeren Öffentlichkeit wurde sie von der Zeitschrift *Zvezda* [Der Stern] erst 1936 zugänglich gemacht, zu einer Zeit also, als in Rußland kaum jemandem der Sinn nach literarischen Entdeckungen stand. Zuvor – und auch danach – galt diese Perle als »erster literarischer Versuch« bzw. »sorgfältig gearbeitete episodische Erzählung humoristischen Inhalts« (Aleksandr M. Skabičevskij, *Geschichte der russischen Literatur*, 1900).

Peter Urban

Anmerkungen

5

Loder – Ferdinand Christian, 1753–1832, gelehrter Anatom, gebürtig aus Riga, ab 1810 in russischen Diensten, kaiserlich russischer Staatsrat und Leibarzt Alexanders I. Direktor des Militärhospitals zu Moskau, wo nach seinen Plänen das modernste anatomische Theater errichtet wurde. Das von Gončarov zitierte Werk *Über die Epidemie der Cholera in Moskau* erschien in Moskau 1831.

7

Berg des hl. Michael – Mont Saint Michel, berühmte Abtei, Wallfahrtskloster in der Normandie, auf einer dem Festland vorgelagerten Insel erbaut.

11

beseelte Sibylle – Sibyllen, in der Antike von der Gottheit begeisterte, weissagende Frauen; von der berühmtesten unter ihnen, Amalthea oder der kumanischen Sibylle, stammen die sibyllinischen Bücher.

Fekla – sprich Fjókla, Diminutiv Feklúša, vgl. dt. Thekla, im Russischen populärer Vorname im Bäuerlichen, für Adelsfräulein höchst ungewöhnlich, ironisch.

Aršin – altes russ. Längenmaß, entspricht 71,7 cm; im übertragenen Sinne: Elle.

15

Es wurde April, »Tauwetter« – Daten zum Klima St. Petersburgs: mittlere Jahrestemperatur 4,2° C [Berlin: 9,8]; Januar -9,3° C; Februar –8,5; März –4,7; April 2,1; Mai 8,7; Juni 14,8. 200 Tage des Jahres Niederschläge, Schnee oft noch im

Mai. Von Ende November bis Anfang April ist die Neva zuge-
froren.

18

Verenicyn – sprechender Name; russ. verenica: der Zug, Strich
(von Vögeln), lange Reihe. Klanglich dem Namen V. A. Solonicyn (s. Nachwort Seite 93) nachgebildet.

Staatsrat – Titel des zivilen Staatsdienstes, entspricht der 5.
Rangklasse der in 14 Klassen unterteilten alten Rangtabelle;
höherer Beamter, der sich indes nicht bis zu den höchsten
Weihen – der Anrede »Euer Exzellenz« – hinaufgedient hat:
diese gebührte nur den obersten vier Rangklassen, angefangen
beim Wirklichen Staatsrat.

Annenorden, am Bande zu tragen – Scherz über die von Zar
Nikolaus I. 1835 eingeführte fünfte Klasse des einst exklusi-
ven Ordens, die für niedere Ränge und einfache Soldaten be-
stimmt war und nicht an Schärpe oder Ordensband getragen
wurde.

19

Tjaželenko – sprechender Name; russ. tjaželyj: schwer, gewich-
tig, schwerfällig.

kleinrussisch – russische Bezeichnung für Ukrainer; zahlreiche
ukrainische Familiennamen enden auf die Silben -enko, vgl.
auch den Namen des Dieners.

20

Taurischer Garten – Park und Palast, von Katharina II. dem
»Helden von Taurien« und Eroberer der Krim, Potëmkin,
geschenkt; heute im Zentrum, damals am Ostende der Stadt
gelegen, an der vom Voskresenskij Prospekt abzweigenden
Voskresenskaja ulica.

21

Fensterluke – Lüftungsklappe an russischen Fenstern, die geöffnet werden kann, ohne den ganzen Fensterflügel aufmachen zu müssen, dem »Oberlicht« vergleichbar.

23

Pelmeni – aus Sibirien stammendes Nationalgericht der Russen, Teigtaschen, gefüllt mit einer Farce aus Fleisch (auch Gemüse oder Fisch), in Brühe gesotten.
Dračonka – auch dročënka, Gebäck, Kuchen aus Eiern, Milch und Mehl, mit Kaviar gefüllt.

26

Schwere Not – russ. lichaja bolest, ältere, volkstümliche Bezeichnung für Epilepsie, Fallsucht (russ. padučaja bolezn'); im Deutschen entsprechend die Schwere Not, das Böse Wesen.
Pfund – altes russ. Gewicht, entspricht 410 g.

28

Vitellius – Vitellius Aulus, römischer Kaiser, 15–69 n. Chr. Meyer's Neues Konversations-Lexikon, 2. Aufl., 1867: »Schon als Knabe durch die Wollust des Tiberius verdorben, war er durch Schmeichelei und Ausschweifung beliebt bei Caligula, Claudius und Nero. Von Galba mit dem Oberbefehl über die Legionen am Niederrhein betraut, ward er dort von denselben, sowie den gallischen und britannischen Legionen, deren Gunst er sich durch die niedrigsten Mittel erworben hatte, Anfang 69 zum Gegenkaiser ausgerufen. Ein Theil seiner Truppen, den er unter Cäcina und Fabius Valens vorausgesandt, schlug den dritten Thronprätendenten, Otho, bei Cremona, der sich darauf am 20. April tödtete. Als V. in Rom eingezogen war, überließ er sich völlig der Trägheit und Völlerei, mit der er auch Grausamkeit verband. Die pannonischen Legionen erhoben sich zuerst gegen ihn, riefen den Vespasianus zum Kaiser aus, schlugen das Heer des V. bei Cremona und tödteten diesen am 24. Dec. 69 zu Rom.«

Verst – altes russ. Längenmaß, entspricht 1067 m.

Peterhof, Pargolovo – allgemeine Ausflugsziele der Petersburger. *Pargolovo:* Dorf, 15 Verst nördlich der Stadt, an der Vyborger Landstraße und am Suzdalschen See, »von den umliegenden Höhen schöne Aussicht auf St. Petersburg« (Baedeker's *Russland,* 1883). *Peterhof:* kaiserliches Lustschloß mit Park, zugleich deutsche Kolonie gleichen Namens, 26 Verst südwestlich der Stadt, am Ufer des Finnischen Meerbusens, 1720 von Peter I. nach Versailler Vorbild errichtet. Der *Brockhaus,* 1827: »Der Weg nach dem Lustschlosse Peterhof, das an der See dem Hafen Kronstadt gegenüberliegt, ist gleich nach dem Austritte aus der Stadt einer der reizendsten, indem er sich einige Werst lang durch kleine Lustwälder und Gärten mit den herrlichsten Anlagen und Wasserpartien hindurchzieht, die außerdem mit den schönsten Lusthäusern und Tempeln aller Art ausgeschmückt sind. Das schöne, auf einer beträchtlichen Höhe gelegene Lustschloß enthält in seinen großen Gärten, Parks und Alleen Alles, was man bewundernswürdig nennen kann, insbesondere mächtige, hohe Springbrunnen. Das Peter-Pauls-Fest wird hier jedes Jahr den 29. Juni (jetzt am Namenstag der Kaiserin Mutter, am 22. Juli a. St.) mit großem Pomp und Ergötzlichkeiten aller Art begangen; am glänzendsten geschah dies nach dem Tilsiter Frieden 1807 dem franz. Gesandten, General Savary, zu Ehren.«

Gorochovaja, Alexander Nevskij Kloster ... – in der Gorochovaja, einer – wie der Nevskij Prospekt – strahlenförmig von der Admiralität ausgehenden Straße, wohnte Gončarov selbst, hier wohnte auch Oblomov. Die Route, die Tjaželenko umreißt, führt kreuz und quer durch die Stadt: das Alexander Nevskij Kloster liegt, in der Verlängerung des über 5 km

langen Nevskij Prospekts, im äußersten Osten der Stadt, die
Basilius-Insel im nördlichen Westen.

34
Höhlenkloster von Kiev – eines der wichtigsten, ältesten und
angesehensten Klöster Rußlands, Wallfahrtsort und Sitz eines
Metropoliten; gestiftet von Ilarion, der vor seiner Berufung
zum Metropoliten von Kiev als Eremit in einer selbstgegrabe-
nen Höhle auf einem Hügel am Dnepr lebte.

35
Orenburg – Hauptstadt des gleichnamigen Gouvernements im
südlichen Ural, in den Ebenen der Tataren- und Kalmüken-
steppen, in denen der Aufstand des Pugačev stattfand und
Puškins Roman *Die Hauptmannstochter* spielt.

39
Voloboenko – sprechender Name; russ. vol: der Ochse; boj: der
Kampf, die Schlacht, auch das Schlagen, Schlachten.

47
Strelna – Palast, großfürstliches Lustschloß nebst Park, 21 Verst
südöstlich Petersburgs, 1711 von Peter I. erbaut und 1722 der
Tochter Elisabeth geschenkt; Park im holländischen Stil.

53
»Robert« – meint die Oper *Robert der Teufel* von Giacomo
Meyerbeer aus dem Jahre 1831, die auch in Rußland schnell
Berühmtheit erlangte.

59
Toksovo – Dorf, 26 Verst nordöstlich Petersburgs, an der Vyborger Landstraße gelegen, am Kaiserlichen Forstinstitut und
dem Dorf Murino vorbei, inmitten von Seen gelegenes Dorf,

»dessen Umgebung die romantische kleine St. Petersburger Schweiz bildet. (Baedeker, 1883)

62
Char à banc/s – franz., Wagen mit Bänken längs der Fahrtrichtung, Bank-, auch Brettwagen genannt, Familiendroschke; russisch. šaraban.

68
Kvas – erfrischendes Getränk, zubereitet aus gesäuertem Schwarzbrotteig oder Schwarzbrot und Malz, in Rußland verbreitetes Getränk, das die Stelle des Biers vertritt.

71
à la fourchette – franz., wörtlich: mit der Gabel, meint das zweite, sogenannte Gabelfrühstück, bei dem Fleisch gegessen und Wein getrunken wurde.

76
Peter von Amiens – auch Peter der Einsiedler, russ.: Pëtr Pustynnik, gest. 1115, pilgerte 1093 nach Jerusalem, propagierte hiernach die Kreuzzüge.

77
Auferstehungs-Brücke, hochgezogen – Auferstehungs-Brücke oder Voskresenskij most, die die sogenannte Vyborger Seite im Nordosten mit dem Stadtzentrum verband; aus Sicherheitsgründen wurden die Petersburger Brücken über die Neva nachts hochgezogen. Jenseits der Brücke führte der Weg zur Gorochovaja nach rechts, der zum Taurischen Garten nach links.

80
Zakuska – russ., Vorspeise.

4. Auflage
© 1991 Friedenauer Presse
Katharina Wagenbach, Carmerstraße 10, 10623 Berlin
Alle Rechte vorbehalten.
Zeichnung und Umschlag von Horst Hussel
Gesetzt aus der Stempel Garamond
bei Pinkuin Satz und Datentechnik, Berlin
in Anlehnung an den Bleisatz von
Harald Weller, Berlin
Gedruckt bei der Druckerei Conrad, Berlin
Die Bindearbeiten besorgte Stein & Lehmann, Berlin
Printed in Germany   ISBN 978 3 921592 63 2

Orlov und Bulgarin – ironischer Seitenhieb auf zwei so fruchtbare wie populäre Romanschriftsteller der Puškinzeit. Faddej
Venediktovič *Bulgarin*, 1789–1859, u. a. Autor des histori-
schen Romans *Ivan Vyžigin* (1829), der Puškins ganzen Spott
erntete; zudem einflußreicher Herausgeber der Petersburger
Zeitschrift *Severnaja pčela* [Die nördliche Biene] 1825–1859. –
Mit ihm auf Kriegsfuß stand der Moskauer Romanschriftsteller Aleksandr Anfimovič *Orlov* [Lebensdaten nicht zu ermit-
teln], dessen Werke, z. B. der Roman *Dmitrij Donskoj* oder
Der Beginn russischer Größe (1827) von Puškin höher bewer-
tet wurde als die Romane Bulgarins, was Bulgarin Puškin nie
verzeihen konnte. Orlov, der sich einen »Volksschriftsteller«
nannte, trug sich mit dem Plan einer »Geschichte des russischen Volkes«.

Ochta – Stadtteil, damals Dorf im Osten der Stadt, jenseits der
Neva, benannt nach einem Nebenfluß der Neva.

Ropša – Ort 10 Verst westlich der südwestlich Petersburgs gelegenen Zaren-Residenz Krasnoe selo (24 Verst); Park mit kai-
serlichem Lustschloß, in dem Peter III. gestorben ist.
Peterhof, Oranienbaum, Kronstadt – die südwestliche Strek-
ke von St. Petersburg aus, entlang der Küste des Finnischen
Meerbusens, vgl. oben. Über Peterhof hinaus gelangte man
nach dem Städtchen Oranienbaum, das dem auf einer Insel
gelegenen Hafen von Kronstadt direkt gegenüberlag; 1714
von Fürst Menšikov angelegt, mit dem Schloß von Oranienbaum nebst Park in holländischem Stil, dem sog., von Elisabeth II. errichteten chinesischen Haus, dem Haus Peters III.
sowie dem von Rastrelli erbauten Rutschberg.